송홍만 제20시집

비와 꽃

국립중앙도서관 출판시도서목록(CIP)

비와 꽃 : 송홍만 제20시집 / 지은이: 송홍만. -- 서울 : 한누리미디어, 2016
p. ; cm

권말부록: 이스라엘 남북분열시대
ISBN 978-89-7969-729-2 03810 : ₩10000

한국 현대시[韓國現代詩]

811.7-KDC6
895.715-DDC23 CIP2016029058

송홍만 제20시집

비와 꽃

한누리미디어

| 책 머리에 |

유례없는 무더위, 가뭄, 장마, 지진, 태풍, 해일과
온 세상에 혼돈이 가득한 가운데

《성경 66권의 그리스도》(한병기 목사 지음)
《쉽게 풀어 쓴 주기도문》(조종남 목사 지음)
정독精讀하면서 나름대로 느낀 바와
손자 손녀들의 재롱에 기쁘고 즐거웠던 일들로
부끄럼 무릅쓰고 조심스럽게 속내를 보여드리니

형제 자매 그리고 이 책을 우연히 연 분들이여!
제발 나의 말은 다 제쳐놓고, 하나님의 말씀만은
읽어 주기를 일흔 아홉 살 노인이 부탁 드립니다

하늘에는 영광이요 이 땅에는 평화가 회복되길
두 손 모아 기도 올리며
하나님의 영원하신 사랑을 찬양합니다

이번에도 아름다운 디자인으로 고운 책을 펴내주신
한누리미디어 김재엽 사장님께 감사 드립니다

2016년 11월 24일

송홍만 올림

Contents
차례

Contents
차례

Contents
차례

Contents
차례

비와 꽃

비와 꽃.

임연희. 글. 그림

옛날 옛적.
튜울림 꽃 이라.
는게 있선는.
대 그꽃 은.
아주 예쁜 꽃.
이예서요.
그런대 어느 날.
비가 와서 꽃
이정 쳐지만.
꽃은 겠차나.
서요 그레서.
꽃과 비는 친구가.
되에서요.

너희를 위하여 행하시는 구원을 보라

"모세가 백성에게 이르되
너희는 두려워하지 말고 가만히 서서
여호와께서 오늘 너희를 위하여 행하시는 구원을 보라" (출14:13)

하나님의 인도하심으로 애굽의 종살이에서 벗어나
광야 길을 가다가 가로막힌 홍해
뒤쫓는 바로의 군대를 보고
종살이가 더 좋다 광야에서 죽이려느냐 원망과 불평을 내뱉자
지도자 모세는 조용히 타이르고 있도다

오늘 눈에 보이는 미사일, 귀에 들리는 불평과 원망 사이로
모세의 타이름이 들려오도다
두려워하지 말고 원망하지 말고 불평하지 말고
사랑하며 보호하여 주시는 하나님의 손길을 기억해 보라

보살펴 주시는 손길을 느끼는 자
지으시고 다듬으시며 일러주시고 함께하여 주시는
영원하신 하나님을
감사하며 찬송하도다

(2015. 11. 8)

내 거룩함을 나타내지 아니한 고로

"여호와께서 모세와 아론에게 이르시되
너희가 나를 믿지 아니하고 이스라엘 자손의 목전에서
내 거룩함을 나타내지 아니한 고로 너희는 이 회중을
내가 그들에게 준 땅으로 인도하여 들이지 못하리라" (민20:12)

하나님께서는 "반석에게 명령하여 물을 내라" 하셨는데,
모세는 회중에게 "반역한 너희여 들으라
우리가 너희를 위하여 이 반석에서 물을 내랴" 하고
손을 들어 지팡이로 반석을 두 번 쳤다(민20:8, 10-11)

인도하는 자는 말씀을 그대로 전하고 그대로 행할 뿐
하나님의 말씀에 자기 말을 덧붙여 거룩하심을 더럽히면
하나님의 나라에 못 들어가는 무서운 벌이로다

글을 쓰는 사람으로 말씀을 잘못 표현하거나
내 마음 속 원망 섞인 감정을 토하여
거룩하신 하나님의 영광을 가릴까 두렵도다
성령님 인도하여 주옵소서

(2015. 11. 9)

너희를 시험하심이니라

"너는 그 선지자나 꿈꾸는 자의 말을 청종하지 말라
이는 너희의 하나님 여호와께서
너희가 마음을 다하고 뜻을 다하여
너희 하나님 여호와를 사랑하는 여부를 알려 하사
너희를 시험하심이니라" (신13:3)

하나님은 선지자나 꿈꾸는 자를 사용하여
백성들이 하나님을 사랑하는지 시험을 하시기도 하니
이러한 선지자의 말을 자세히 살펴 거짓말을 하면 듣지 말라
그와 같은 거짓 선지자가 아주 가까운 데 있다 하신다(신13:6)

참으로 힘든 세상에 살고 있으니 조심스럽도다
더구나 좋으신 하나님께서도 시험을 하고 계시니
선지자 교역자 가까운 이웃들이 모두 조심스럽구나

우리를 시험에 들게 하지 마시옵고
다만 악에서 구하시옵소서
주님 가르쳐주신 기도뿐이로다.

(2015. 11. 11)

하늘에서도 땅에서도 하나님

"우리가 듣자 곧 마음이 녹았고
너희로 말미암아 사람이 정신을 잃었나니
너희 하나님 여호와는 위로는 하늘에서도
아래로는 땅에서도 하나님이시니라." (수2:11)

이는 하나님의 구원의 놀라운 능력에 바탕한 믿음이요
자신을 하나님께 맡기고 나서의 믿음의 언어로다
이 믿음으로 라합은 구원받고 그리스도의 조상의 반열에
들어가는 놀라운 축복을 받았도다(마1:5-6, 16)

"기생 라합이 사자들을 접대하여 다른 길로 나가게 할 때에
행함으로 의롭다 하심을 받은 것이 아니냐" (약2:25)
"믿음으로 기생 라합은 정탐꾼들을 평안히 영접하였으므로
순종하지 아니한 자와 함께 멸망하지 아니하였도다" (히11:31)

성경말씀을 읽고 들으며 상고하면서도
하나님의 선하심과 전지전능하심을 깨닫지 못하는데
라합은 소문으로 듣기만하고도 깨달아
하늘과 땅에 하나님과 같으신 분은 오직 한 분뿐이심을
믿고 솔직하게 말하고 있는 아름다운 모습에 부끄럽도다.

(2015. 11. 13)

그때에 이스라엘에 왕이 없으므로

"그때에 이스라엘에 왕이 없으므로
사람이 각기 자기의 소견에 옳은 대로 행하였더라" (삿21:25)

여호와의 종 여호수아가 죽으매 사사들을 세우사
침략자의 손에서 이스라엘을 구하게 하였으나
백성들이 사사들에게도 순종하지 아니하고
사사들도 각자들의 약점이 나타나
마지막 사사인 삼손은 처참한 모습으로 죽고
에브라임 산지의 미가라는 사람은
여호와의 신앙을 우상숭배와 바꾸는 배반까지 한다

이는 하나님의 공의를 실현될 수 있도록 하여 주는
하나님의 대리자 곧 왕이 없어
사사들이나 지도자들이 자기의 소견에 옳은 대로 하기 때문이라

우리는 만왕의 왕이신 예수 그리스도께서
이 땅에 하나님의 나라를 여신 좋은 때에 태어나
예수님을 구주로 영접하여 하나님의 나라 백성이 되어
영원하신 하늘나라를 소망하며
기쁘고 즐겁게 살아가며 하나님을 찬양하도다

(2015. 11. 15)

나오미에게 아들이 태어났다

"나오미가 아기를 받아 품에 품고 그의 양육자가 되니
그의 이웃 여인들이 그에게 이름을 지어주되
나오미에게 아들이 태어났다 하여
그의 이름을 오벳이라 하였는데
그는 다윗의 아버지인 이새의 아버지였더라" (룻4:16-17)

나오미는 일곱 아들보다 나은 며느리 룻의 효성과
시가의 훌륭한 어른 보아스의 헌신적인 사랑으로
공허하고 안식 없던 삶을 살다가
풍족하고 안식이 가득한 삶을 살게 되었다

이스라엘 백성들도 하나님의 종 여호수아가 죽자
사사들이나 지도자들의 불순종으로 어둠 속에 살다가
이스라엘 백성을 위한 다윗왕의 헌신적인 사랑을 통해
안식의 삶으로 변화된 것이다

우리는 이 족보의 마지막에 기록된
예수 그리스도의 사랑을 받아 하나님의 나라 백성으로
영원무궁한 안식을 소망하며 살아가도다
우리는 나오미와 룻의 믿음을 배워 더욱 용기를 얻도다

(2015. 11. 17)

전쟁은 하나님께 속한 것

"또 여호와의 구원하심이 칼과 창에 있지 아니함을
이 무리에게 알게 하리라
전쟁은 여호와께 속한 것인즉
그가 너희를 우리 손에 넘기시리라" (삼상17:47)

어린 목동 다윗은 블레셋 군대의 용사 골리앗에게
너는 칼과 창과 단창으로 내게 나오거니와
나는 만군의 여호와의 이름 곧 네가 모욕하는
이스라엘 군대의 하나님의 이름으로 네게 가노라

모든 백성이 그들의 지도자 사울과 함께
불신앙, 패역, 배교로 빠져들어 있으나
하나님께서는 경건한 다윗을 남게 하셔서
그를 통하여 전 이스라엘을 구원하여
하나님의 백성으로 온전하게 하신 것이다

오늘 우리는 다윗의 뿌리에서 피어나신 하나님의 아들
예수 그리스도가 이루어 놓으시는 하나님의 나라를 알고
예수 그리스도를 구세주로 믿으면 그 나라 백성이 되는
좋은 시절에 태어나 평안과 축복이 가득한 소망을 가졌도다

(2015. 11. 19)

하나님을 의지한 히스기야왕

"히스기야가 이스라엘 하나님 여호와를 의지하였는데
그의 전후 유다 여러 왕 중에 그러한 자가 없었으니
곧 그가 여호와께 연합하여 그에게서 떠나지 아니하고
여호와께서 모세에게 명령하신 계명을 지켰더라" (왕하18:5-6)

히스기야는 남 유다의 왕이 되어 부왕 아하스 때부터
약화되고 타락한 나라를 굳건한 믿음을 바탕으로 다스려
강력한 나라로 자리잡아 놓았다

그러나 바벨론과 동맹을 맺고 앗수르를 연합으로 대항하려고
바벨론 왕이 보낸 사신들에게 군기고와 보물창고를 보여
부강함을 자랑하자
하나님은 히스기야왕의 잘못에 징벌을 내리셨다(왕하20:17-18)

선한 히스기야왕도 연약한 사람이기에
하나님 앞에서는 부족함을 우리는 깨달아
역대 대통령들의 몇 가지 잘못만을 되씹지 말고
힘을 합하여 위정자를 위하여 기도할 일이로다

(2015. 11. 23)

제사장 에스라

"이 에스라가 바벨론에서 올라왔으니
그는 이스라엘의 하나님 여호와께서 주신
모세의 율법에 익숙한 학자로서
그의 하나님 여호와의 도우심을 입음으로
왕에게 구하는 것은 다 받는 자이더니" (스7:6)

아론의 후손이요 페르시아에 포로로 끌려간
유대인 에스라는 페르시아 왕궁내의 능숙한
하나님의 율법에 완전한 학자 겸 제사장이다

포로의 몸으로 믿음을 잃지 아니하고
하나님의 도우심을 받았으니 이는
율법연구를 통하여 하나님의 구원역사의 흐름과
언약성취를 깨닫고 민족의 신앙회복을 위한
자신의 역사적 사명에 대한 확신과 기대로다

전세계의 살생무기가 다 금수강산을 둘렀어도
우리 모두 에스라 제사장과 같이 회개하고 기도하면
하나님 보우하시는 우리 민족에게 평화를 주시리니
이 일도 잠시 잠깐이요 이슬같이 사라지리라.

(2015. 11. 25)

여호와께서 만국을 벌할 날

"여호와께서 만국을 벌할 날이 가까웠나니
네가 행한 대로 너도 받을 것인즉
네가 행한 것이 네 머리로 돌아갈 것이라" (옵1:15)

하나님께서는 에돔은 에서의 후손으로
야곱의 후손인 이스라엘과 형제니
서로 미워하지 말라 하셨는데(신23:7),
이스라엘은 준수했으나, 에돔은 거역하였다

예루살렘이 멸망했을 때
에돔은 기뻐하며, 보화를 약탈하고,
피난 자를 참살하거나 적에게 넘겨주는 악행을
그 행한 대로 갚아주신다고 하신다

여호와께서 만국을 벌할 날을
기억하며 살아가는 삶
이것이 장래의 일 아니오
지금 잊지 말아야 할 우리의 일이로다

(2015. 11. 27)

하나님을 경외하는 자가 받을 복

"여호와를 경외하며 그의 길을 걷는 자마다 복이 있도다
네가 네 손이 수고한 대로 먹을 것이라 네가 복되고 형통하리로다
네 집 안방에 있는 네 아내는 결실한 포도나무 같으며
네 식탁에 둘러앉은 자식들은 어린 감람나무 같으리로다
여호와를 경외하는 자는 이같이 복을 얻으리로다
여호와께서 시온에서 네게 복을 주실지어다
너는 평생에 예루살렘의 번영을 보며 네 자식의 자식을 볼지어다
이스라엘에게 평강이 있을지로다" (시128:1-6)

하나님을 거룩하고 존엄하신 분으로 모시어 복을 받자
수고한 대로의 복
열심히 일한 보람을 그대로 받음의 기쁨
화목한 가정의 복
아내와 자녀들이 함께 예배드리는 아름다움
나라와 민족 번영의 복
하나님과 함께 이어지는 영원한 나라와 민족

하늘님을 두려워하며 조심스럽게 살아오신
우리 조상님들을 이어받아 삼천리 금수강산
하나님이 보우하시는 복 받는 삶을 살아가세

(2015. 11. 30)

솔로몬의 잠언

"이는 지혜와 훈계를 알게 하며 명철의 말씀을 깨닫게 하며
지혜롭게, 공의롭게, 정의롭게, 정직하게 행할 일에 대하여
훈계를 받게 하며 어리석은 자를 슬기롭게 하며
젊은 자에게 지식과 근신함을 주는 것이니" (잠1:2-4)

잠언(proverbs)은 속담이나 격언과 같이
선명한 일에 대하여 옛날부터 되풀이하여 내려온 말씀,
잠언箴言은 옷을 바느질하는 바늘과 같은 말씀
또는 살을 찔러 병을 다스리는 침과 같은 말씀이라는 뜻

어리석고 미련한 나를 타이르고 가르쳐 잘못을 깨우쳐 주고
찢어진 마음 조각을 바느질하여 바로 잡아 주고
참을 수 없는 고통을 침놓아 고쳐 주셨도다

"너는 네 우물에서 물을 마시며
네 샘에서 흐르는 물을 마시라" (잠5:15)
"매를 아끼는 자는 그의 자식을 미워함이라" (잠13:24)
"불의한 자는 의인에게 미움을 받고
바르게 행하는 자는 악인에게 미움을 받느니라" (잠29:27)
"고운 것도 거짓되고 아름다운 것도 헛되나
오직 여호와를 경외한 여자는 칭찬을 받을 것이라" (잠31:30)

(2015. 12. 1)

지식의 근본

"여호와를 경외敬畏하는 것이 지식의 근본이거늘
미련한 자는 지혜와 훈계를 멸시하느니라"(잠1:7)

좋으신 하나님을 공경하는 마음으로 조심스럽게 연모하며
하나님의 뜻대로 이루어짐을 믿고 진솔하게 살아가는 것
이것을 아는 것이 앎의 뿌리이니라

잠언箴言이란 타일러 잘못을 깨우쳐 주고
찢어진 마음 바느질로 감싸 주고
참을 수 없는 고통 침놓아 고쳐 주고
미리 두려워하는 어리석음 버리게 한다

지혜는 선과 악, 진리와 거짓, 그리고
하나님의 뜻과 사람의 생각을 분별하여 주고
그 중에 진리는 인생의 바른 길
곧 하나님의 말씀대로 사는 길이다

젊어 무얼 좀 안다고 나설 때에는
뿌리 없는 잣대로 사물을 탐구하느라
지혜와 훈계를 듣지 아니하고 헛손질하다가
이제서야 깨닫고 나니 흘러가는 세월 아쉽도다

(2015. 12. 2)

하나님이 기뻐하시는 사람

"속이는 저울은 여호와께서 미워하시나
공평한 추는 그가 기뻐하시느니라" (잠11:1)

하나님의 성품은 완전하시고 정의롭고 공의로우셔
정직하고 겸손하며 공의로운 사람이 되는 것을 기뻐하신다
"그는 반석이시니 그가 하신 일이 완전하고
그의 모든 것이 정의롭고 진실하고 거짓이 없으신
하나님이시니 공의로우시고 바르시도다" (신32:4)

공평한 저울추를 사용하는 자와 같이
정직한 사람을 기뻐하신다
"나의 하나님이여 주께서 마음을 감찰하시고
정직을 기뻐하시는 줄을 내가 아나이다" (대상29:17)

이 얼마나 지혜로움을 가르쳐 주시는 말씀인가
저울추를 속이는 자는 삼대를 가난하게 산다는 속담이 있다
매일 쏟아져 나오는 일들이 안타깝도다

(2015. 12. 3)

동정녀 탄생의 깊은 뜻

"주께서 친히 징조를 너희에게 주실 것이라
보라 처녀가 잉태하여 아들을 낳을 것이요
그의 이름을 임마누엘이라 하라" (사7:14)
"그에게 잉태된 자는 성령으로 된 것이라
아들을 낳으리니 예수라 하라
자기 백성을 죄에서 구원할 자이심이라" (마1:20-21 요약)

우리는 아담과 하와의 후손인 아버지에게서 낳았기에
그들의 에덴에서의 죄를 이어받은 죄인이고
살아오면서 알게 모르게 지은 죄인이로다

예수님은 죄 없으신 성령으로 잉태하셔
동정녀 마리아에게서 낳으셨으니 원죄가 없으시고
사람의 몸으로 사시면서 하나님 아버지께
죽기까지 순종하며 사셨으니 자범죄도 없으시다

예수님께서 성령으로 잉태하셔 동정녀에게서 낳으심은
죄 없으신 분이 되어
우리의 죄를 대신 깨끗하게 하여 주시기 위함이로다

(2016. 12. 7)

너희 길과 행위를 바르게 하라

"만군의 여호와 이스라엘의 하나님께서 이와 같이 말씀하시되
너희 길과 행위를 바르게 하라
그리하면 내가 너희로 이곳에 살게 하리라" (렘7:3)

베냐민 땅 아나돗의 제사장 힐기야의 아들 예레미야가
여호와께 예배하러 들어가는 유다 사람들에게
여호와의 말씀을 선포한다

너희가 길과 행위를 바르게 하여 이웃에게 정의를 행하며
이방인과 고아와 과부를 압제하지 아니하며
무죄한 자의 피를 이곳에서 흘리지 아니하며
다른 신들의 뒤를 따라 화를 자초하지 아니하면
너희 조상에게 영원무궁토록 준 땅에 살게 하시리라

이웃에게 바르게 행하지 아니하고 압제하였고
무죄한 자에게 덩달아 돌을 던졌으며
재물을 우상으로 모시면서
입으로는 "주여" "아멘" "할렐루야" 외치나이다
이 말씀대로 바르게 살도록 인도하여 주시옵소서

(2015. 12. 9)

생명의 길과 사망의 길

"여호와께서 말씀하시기를 보라 내가 너희 앞에
생명의 길과 사망의 길을 두었노라
너는 이 백성에게 전하라 하셨느니라" (렘21:8)

바벨론 느브갓네살왕의 침입을 받은 유다 시드기야왕이
다급하게 여호와의 도움을 간구하여 달라 하여
예레미야가 여호와의 말씀을 전하고 있다

바벨론의 통치에 복종하는 것이
하나님의 뜻을 순종하는 생명의 길이요
바벨론에게 대항하는 것은
하나님의 뜻을 거스르는 사망의 길이다

유다 왕국이 당한 바벨론의 침략은
하나님께서 친히 내리시는 분노이므로
단순한 재앙이 아니오 마땅히 감내하여야 할 일이다

눈앞에 벌어지고 있는 현실 속에서
우리가 어찌해야 사망의 길이 아니고
생명의 길인지를 일러 주시옵소서

(2015. 12. 9)

이루어 주셨도다

"내가 엎드러뜨리고 엎드러뜨리고 엎드러뜨리려니와
이것도 다시 있지 못하리니
마땅히 얻을 자가 이르면 그에게 주리라" (겔21:27)

여호와의 말씀이 에스겔에게 임하여 이르시기를
내 칼을 칼집에서 빼어 의인과 악인을 네게서 끊을지라
너 극악하여 중상을 당할 이스라엘 왕아
네 날이 이르렀나니 곧 죄악의 마지막 때이니라

내가 이스라엘 왕을 아주 엎드러뜨리고
마땅히 이스라엘 땅을 얻을 자가 오시면
그에게 이 땅을 주리라 하신 대로
유다왕국은 세상에서 사라졌고
예수 그리스도께서는 오셨도다

주셨도다 마땅히 얻을 자에게 주리라 하신
하나님의 나라를 예수 그리스도께 주셨도다
이 땅 위에 살고 있는 우리가 회개하고 믿으면
그 나라가 우리의 마음 안에 이루어지도다
기쁘고 즐거움에 밤낮없이 찬양하노라

(2015. 12. 10)

네가 말 못하는 자가 되어

"내가 네 혀를 네 입천장에 붙게 하여
네가 말 못하는 자가 되어
그들을 꾸짖는 자가 되지 못하게 하리니
그들은 패역한 족속임이니라" (겔3:26)

바벨론 땅에 잡혀온 포로 중에
부시의 아들 제사장 에스겔에게
하나님께서 당부하신다

에스겔이 악인과 의인을 깨우치는 파수꾼의 일을 하면서
잡혀온 백성들을 책망하지 못하게 벙어리가 되게 하고
오직 하나님께서 말씀하실 때에만 입을 열게 하셨다

제사장이요 선지자로 택함 받은 에스겔
주신 말씀 그대로 전하고 받은 권능으로 증거하여도
깨닫지 못하는 자 있어 자신의 말로 책망을 하거늘

하늘의 별과 같이 빤짝이는 말씀 중
촛불 하나 본 것을 내 입으로 전해 준들 뉘 알아주랴
이후란 입천장에 내 혀를 꽉 붙이리라

(2015. 12. 1)

치셨으나 싸매어 주실 것임

"오라 우리가 여호와께로 돌아가자
여호와께서 우리를 찢으셨으나 도로 낫게 하실 것이요
우리를 치셨으나 싸매어 주실 것임이라" (호6:1)

북이스라엘 여로보암왕 때
브에리의 아들 호세아는 이스라엘에서
음란과 우상을 섬기는 지도자와 백성들에게
심판을 경고하면서 회복의 희망을 선포하고 있다

이제 우리가 하나님께로 돌아가자
하나님께서 우리를 상하게 하셨으나
이제는 치료해 주실 것이요
우리를 아프게 하셨지만 다시 일으켜 주실 것이다

다툼과 우상숭배로 우리 민족을 찢으셨다가
도로 낫게 하셨는데도 살생과 우상과 음란 가득하여
이 말씀 붙잡고 기도하오니 싸매어 주시옵소서

(2015. 12. 13)

처녀 이스라엘이 엎드러졌음이여

“처녀 이스라엘이 엎드러졌음이여 다시 일어나지 못하리로다
자기 땅에 던지움이여 일으킬 자 없으리로다”(암5:2)

북이스라엘 여로보암왕 때 드고아의 목자 아모스가
장차 북이스라엘에 닥쳐올 멸망을
안타까워 탄식하며 노래로 전하고 있다

적의 침략이 없이 찬란했던 북이스라엘이
멸망하여 다시 일어나지도 못하게 되고
누구 하나 일으켜 줄 자도 없으리라 하시니
안타깝고 슬퍼 탄식하도다

너희는 여호와를 찾으라
너희는 선을 구하고 악을 구하지 말라
너희는 정의를 물같이 공의를 강같이 흐르게 하라
그리하면 살 길이 있다고 아모스는 당부하고 있다

이 말씀 오늘 우리 민족에게 하시는 말씀으로
가슴 깊이 새기고 작은 손 모아 기도하오니
아버지 하나님 천손天孫 자손인 우리 민족이
정의를 물같이 공의를 강같이 살게 하여 주시옵소서

(2015. 12. 14)

의인은 그의 믿음으로 말미암아 살리라

"보라 그의 마음은 교만하며 그 속에서 정직하지 못하나
의인은 그의 믿음으로 말미암아 살리라" (합2:4)

곧 쳐들어올 갈대아 군대를 눈앞에 둔 이스라엘 백성에게
선지자 하박국을 통하여 일러주시는 하나님의 말씀이다

갈대아 군대는 하나님이 일으키신 군대인데
그들은 이를 모르고 자기들의 신神으로 삼고
교만한 마음과 어리석음에 빠져 있으나
머지않아 이스라엘을 구원하러 오시는 메시아를 믿는 자
곧 의인은 그의 믿음으로 멸망하지 아니하고 살리라 하신다

사도 바울은 보다 깊고 오묘한 영적 의미를 깨달아 기록하고 있도다
"복음에는 하나님의 의가 나타나서 믿음으로 믿음에 이르게 하나니
기록된 바 오직 의인은 믿음으로 말미암아 살리라 함과 같으니라" (롬1:17)
"또 하나님 앞에서 아무도 율법으로 말미암아 의롭게 되지 못할 것이
분명하니 이는 의인은 믿음으로 살리라 하셨음이라" (갈3:11)

하나님의 막대기에 불과한 핵무기를 수호신으로 알고
말씀을 거역하고 있는 교만함과 방자함 앞에 서있는 우리에게
이 말씀 선명하게 들려오고 있도다

(2015. 12. 15)

나중 영광이 이전 영광보다 크리라

"이 성전의 나중 영광이 이전 영광보다 크리라
만군의 여호와의 말이니라
내가 이곳에 평강을 주리라
만군의 여호와의 말이니라" (학2:9)

유다 총독 스룹바벨과 대제사장 여호수아와,
남은 모든 백성들이 이 말씀을 들어
성전 재건 공사를 시작하자
하나님이 하신 격려의 말씀이다

이 성전은 솔로몬의 성전보다 초라하지만
이 성전의 영광은 솔로몬 성전보다 크리라
내가 이 성전에 평강을 주리라
참말로 하나님이 하신 말씀이라

비록 세상에 악이 만연하여 살기 힘들어도
마음을 가다듬어 말씀을 순종하며 살면
이전보다 이후에 축복 더 크며
늘 평강이 있으리라

(2015. 12. 16)

너희는 세상의 소금

"너희는 세상의 소금이니
소금이 만일 그 맛을 잃으면 무엇으로 짜게 하리요
후에는 아무 쓸데없어 다만 밖에 버려져
사람에게 밟힐 뿐이니라"(마5:13)

예수님은 제자들에게
맛을 잃어버린 소금처럼 쓸모없는 사람이 되지 않기 위해
세상과는 구별되라고 당부하신 말씀이다

소금은 제물, 언약의 표시, 조미료, 방부제, 정결제로 사용하나
예수님은 제자들이 알아듣기 쉽게 조미료로 쓰이는 소금으로
비유하여 제자들의 사명使命을 일러주고 계시다

오늘 우리에게는 우리의 희생의 뜻으로 들려온다
소금이 자기를 희생하여 녹아야 짠맛을 내듯이
교회, 가정, 이웃, 직장에서 녹아야 썩어감을 막는다

맛을 잃은 소금은 밖에 버려지듯이
소금이 녹지 않고 그대로 있으면 맛을 내지 못하니
하나님의 자녀다운 성스러움을 잃어버리고 만다

(2015. 12. 18)

도무지 맹세하지 말지니

"또 옛 사람이 말한 바 헛맹세를 하지 말고
네 맹세한 것을 주께 지키라 하였다는 것을 너희가 들었으나
나는 너희에게 이르노니 도무지 맹세하지 말지니
하늘로도 하지 말라 이는 하나님의 보좌임이요
땅으로도 하지 말라 이는 하나님의 발등상임이요
예루살렘으로도 하지 말라 이는 큰 임금의 성임이요
네 머리로도 하지 말라
이는 네가 한 터럭도 희고 검게 할 수 없음이라" (마5:33-36)

맹세에 관한 율법을 교묘하게 해석하고 가르친 랍비들에게
예수님께서 자세하게 설명하여 가르쳐 주신 말씀으로
맹세는 하되 우선 겸손하라는 말씀이로다

'내게 능력 주시는 자 안에서 내가 모든 것을 할 수 있느니라' (빌4:13)
사도 바울의 깨달음과 같이 능력 주시는 하나님께
도와주시길 구한 후 맹세하라는 말씀이리라

아들 딸이 부모를 위하여 힘겨운 약속을 하거든
고맙구나 그러나 네 마음대로 되는 일 아니니
약속을 이행할 수 있게 너를 도와달라고 기도하겠다는
어버이의 마음처럼

(2015. 12. 21)

너희는 먼저

"그런즉 너희는 먼저 그의 나라와 그의 의義를 구하라
그리하면 이 모든 것을 더하시리라" (마6:33)

천하 만물 모든 생물을 돌보아 주시는
하나님께서 자기 형상대로 지으시고 생기를 넣어주신
우리를 사랑하여 주실 것이야 당연한 일이지만
우리의 삶에 필요한 것 주실 줄을 믿음으로
우리는 의식주에 마음 빼앗기지 말고
그보다는 먼저 하나님이 기뻐하시는 귀한 일,
즉 예수 그리스도를 통하여 이루어지는 나라에서
하나님께서 주도하시는 삶에 흠뻑 젖어 살라신다

독생 성자 예수님을 구원하실 주님으로 믿어
하나님의 나라 백성이 되어 하늘나라 소망으로
기쁘고 즐겁게 살도록 성령님 인도하여 주옵소서

(2015. 12. 22)

오병이어의 기적

"무리를 명하여 잔디 위에 앉히시고
떡 다섯 개와 물고기 두 마리를 가지사
하늘을 우러러 축사하시고 떡을 떼어 제자들에게 주시매
제자들이 무리에게 주니 다 배불리 먹고 남은 조각을
열두 바구니에 차게 거두었으며 먹은 사람은
여자와 어린이 외에 오천 명이나 되었더라" (마14:19-21)

구약시대에 살고 있는 유대인들이 잘 알고 있는 바
엘리야가 사렙다 과부에게
밀가루와 기름이 떨어지지 않도록 주었고(왕상17:8-16)
엘리사가 보리떡 스무 개로 백 명을 먹였고(왕하4:42-44)
모세가 광야에서 만나를 먹였으나

예수님은 빈들에서 오천 명을 먹이시는 놀라운 기적을
유대인들에게 보여 메시아임을 알고 구원받기를 원하셨다

오늘 우리에게는 일용할 양식을
예수님의 이름으로 하나님 아버지께
달라고 기도하라 일러 주신다

(2015. 12. 23)

몇 번이나 용서하여 주리이까

"그때에 베드로가 나아와 이르되
주여 형제가 내게 죄를 범하면
몇 번이나 용서하여 주리이까" (마18:21)

교회에 속한 어떤 형제가 죄를 범하면
개인적 충고, 두세 증인을 통한 권면,
교회의 공식적 권면으로 해결하라시며,
교회가 이러한 결정을 하기 전에
기도할 것을 강조하시자(마18:15-20)
베드로가 몇 번이나 용서하여 주리까 묻자
예수님은 자세하게 그 이유를 알려주신다

그 형제가 네게 아무리 많은 죄를 짓는다 해도
계속하여 용서하는 태도를 가져야 한다
우리는 하나님으로부터 무한한 용서를 먼저 받았고
지금도 용서받고 있기 때문이란다

우리가 우리에게 죄 지은 자를 사하여 준 것같이
우리 죄를 사하여 주시옵소서
예수님의 이름으로 기도드립니다 아멘

(2015. 12. 24)

부자는 천국에 들어가기가 어려우니라

"예수께서 제자들에게 이르시되
내가 진실로 진실로 너희에게 이르노니
부자는 천국에 들어가기 어려우니라" (마19:23)

부자는 대개 세상에서 부를 향유하며 안정된 삶을 살아
하나님보다는 재물을 더 의지하기 때문이다
재물에는 구원받는 길을 가로막는 위험이 많이 도사리고 있다
"너희가 하나님과 재물을 겸하여 섬기지 못하느니라" (마6:24)

6.25때 인민군들이 쳐들어와 논과 밭을 가진 농민들을
"부르주아" 라고 하면서 죄인 취급을 하였는데,
지금은 부자는 죄를 범하여 된 자들이다
부자 때문에 내가 가난하게 산다라고
생각하는 사람이 있는 것 같다

부자가 천국에 들어가기 어렵다 하신 것은
재물이 많으면 옳지 못한 곳에 쓰려는 유혹이
많기 때문이라고 예수님은 바르게 일러주시도다

(2015. 12. 25)

*부르주아는 프랑스 말로 자본계급에 속하는 사람, 부자라는 뜻

하나님나라 특징

"네 것이나 가지고 가라
나중 온 이 사람에게 너와 같이 주는 것이
내 뜻이니라" (마20:14)

포도원 품꾼들의 비유는
나중 온 자나 먼저 온 자에게 똑같은 품삯을 주는 것이
하나님나라의 특징이라 일러주신다

세상에서는 오래 일한 사람이 많이 받아야 하나
하나님나라에서는 공로나 능력을 따르지 아니하고
하나님의 선하심으로부터 값없이 주는 은혜이다

오늘날 우리는 하나님나라의 원칙을 잘 알고 있다면서
그렇게 하여도 좋다 저렇게 하여도 좋다고는 아니하는지
하나님은 생각도 아니하시는데 복을 달라는 것 아닌지
조용히 고개 숙여 회개할 일 아닌지

(2015. 12. 26)

혼인잔치로 천국 비유

"예수께서 다시 비유로 대답하여 이르시되
천국은 마치 자기 아들을 위하여 혼인잔치를 베푼
어떤 임금과 같으니"(마22:1-2)

하나님은 인내를 가지시고 계속해서 선지자를 보내
선택하신 이스라엘 백성에게
메시아의 나라에 동참할 것을 권고하였으나

그들이 거부함으로 오히려 버린 바 되었고
다른 많은 사람들을 부르시어 구원하시고
회개와 믿음을 거부한 자들은 엄하게 심판하신다

혼인잔치 초청에 무슨 핑계로 머뭇대지는 않는지
길거리에서 청함 받고 예복 입길 거부는 아니했는지
육신이 늙어갈수록 두려워 고개를 들 수 없도다

(2015. 12. 29)

창세기에 숨어있는 그리스도

"너희가 성경에서 영생을 얻는 줄 생각하고 성경을 연구하거니와
이 성경이 곧 내게 대하여 증언하는 것이니라" (요5:39)
이 말씀 따라 새해아침 창세기로 들어갑니다

1. 하나님이 이르신 말씀(창1:1-3, 요1:1-3)
태초에 하나님이 천지를 창조하실 때에 성령은 수면 위를 운행하셨고
이때 하나님이 이르신 말씀은 성자 예수 그리스도시다

2. 아담(창1:26, 롬5:14-15)
하나님의 형상을 따라 지으신 아담은
장차 오실 자 예수 그리스도의 모형이다

3. 멜기세댁(창14:17-19, 히7:1-3)
생명의 시작한 날도 끝나는 날도 없어
예수 그리스도와 닮았도다

4. 이삭(창22:1-10)
이삭은 아브라함의 독자요 예수님은 하나님의 독자
이삭은 번제에 쓸 나무를 지고 모리아산으로 올라갔고
예수님은 자기의 십자가를 지고 갈보리산으로 올라가셨다

5. 요셉(창37:28, 마26:15)
아버지의 사랑을 받은 요셉은 형들의 미움을 받아 은 이십에 팔렸고
하나님의 사랑을 받은 주님은 유대인의 미움을 받아 은 삼십에 팔렸다

(2016. 1. 1)

*부산 부전교회 한병기(韓柄基, 1913.4.16~2004.11.4) 목사님의 《성경 66권의 그리스도》를 읽고

마땅히 행할 길을 아이에게 가르치라

"마땅히 행할 길을 아이에게 가르치라
그리하면 늙어도 그것을 떠나지 아니하리라" (잠22:6)

하나님께서 잘했다 칭찬받을 만한 삶을 살아가는 길을
아들 딸들이 어린 아이일 때부터 가르치라
그리하면 그들이 늙어서도 그 길을 벗어나지 아니하고
하나님을 경외하며 기쁘고 즐겁게 살아가리라

서너 살 때 아장아장 걸으며 개미를 보고 있으니
할머니 다가오셔 개미도 한 세상 살려고 나왔으니
죽이면 하늘 님이 벌을 내리신단다
예닐곱 살 때 아버지는 단잠을 깨워 천자문을 가르치시고
밥상, 논밭, 산, 어디서나 '성현의 말씀에' 하시며
하늘에 순종하는 자는 살고 거역하는 자는 죽는다 일러주셨다
이십 대에 시험에 낙방하여 실망하고 있으니
어머니 다가오셔 한두 번 다음에는 삼세 번이 있단다

자녀들에게 이렇게 못하여 평생 헛된 길에 방황할까
세 살 버릇 여든 간다 했는데 때를 놓쳤도다

(2015. 1. 4)

출애굽기에 감추인 그리스도

1. 말씀의 대언자이며 구원자인 모세(출5:1, 요12:50)
   모세는 하나님께로부터 말씀을 받아 이스라엘과 바로에게 전하였고
   예수님은 아버지의 말씀을 받아 제자들과 백성에게 전하고 가르쳤다
2. 유월절 어린양(출12:42, 고전5:7)
   하나님께서 애굽 땅 맏아들을 죽이려 두루 다니시던 여호와의 밤에
   어린양의 피를 문설주에 바른 이스라엘 자손의 집은 넘어가시듯
   하나님의 어린양 예수 그리스도로 하나님의 나라 백성은 구원받았다
3. 광야의 만나(출16:13-14, 요6:48-50)
   하나님께서 내려주신 만나가 이스라엘 백성을 먹여 살렸듯이
   우리에게 생명의 떡이신 그리스도를 보내주셔 그를 믿어 영생한다
4. 물 솟아나는 반석(출17:6, 요4:14)
   이스라엘 백성이 신광야 르비딤에 이르러 마실 물이 없자
   반석을 쳐 물을 마시게 하였듯이,
   예수님은 우리에게 영생수를 주셨도다
5. 광야의 성막(출25:8, 계21:3-4)
   성막은 하나님께서 이스라엘 자손 중에 거할 처소로
   하늘에 있는 것의 모형과 그림자이니
   하나님의 장막이 사람들과 함께 계시리니 그들은
   다시는 사망이 없고 애통하는 것이나 곡하는 것이 없도다

(2016. 1. 5)

*부산 부전교회 한병기 목사님의《성경 66권의 그리스도》를 읽고

레위기가 보여주는 그리스도

"너희가 성경에서 영생을 얻는 줄 생각하고 성경을 연구하거니와
이 성경이 곧 내게 대하여 증언하는 것이니라" (요5:39)

1. 제사장(레1장-10장, 히4:14)
   죄를 용서받으려면 제물을 제사장에게 드리고 제사장은 이를
   성막 안에 들어가 제사를 드리듯
   우리에게는 큰 제사장 하나님의 아들 예수 그리스도시라
2. 제물(레1장-4장, 히9:12)
   여호와께 드리는 제물에는 짐승의 희생의 피가 있어야 했듯이
   우리는 예수 그리스도의 십자가의 보혈로 죄 대속 받는다
3. 성막(출36장-40장, 히9:6-9)
   휘장으로 가려져 있는 성막 안에 성막 뜰에는 번제단, 물두멍이
   있는데 제를 드리는 사람이 들어가고, 첫 장막 안에 성소가 있어
   떡상, 촛대, 제단이 있는데 이곳은 제사장만이 들어갈 수 있으며
   두 번째 장막 안에는 지성소인데 분향단과 법궤와 법궤 위에
   속죄소가 있다 이 지성소에는 대제사장만이 일 년에 한 번 들어간다
   이 성막은 예수 그리스도의 비유이니,
   이제는 누구에게나 개방되었도다

(2016. 1. 8)

*부산 부전교회 한병기 목사님의 《성경 66권의 그리스도》를 읽고

민수기가 상징하는 그리스도

1. 성막(민2:34)
   이스라엘 자손이 각기 조상의 가문대로 기旗를 따라
   성막을 중심으로 진을 치고 유숙하고 진행을 하였으니
   이는 세상의 빛으로 오신 그리스도를 상징한다
2. 구름기둥 불기둥(민9:17, 요8:12)
   구름이 성막에서 떠오르면 행진하고 머무르는 곳에 진을 쳤으니
   구름기둥 불기둥은 세상의 빛이신 그리스도가 인도하심과 같다
3. 놋뱀(민21:9, 요3:14-15)
   백성들이 광야에서 죄를 짓고 불뱀에 물려 죽어가는 사람이
   장대 위에 놋뱀을 보고 산 것같이
   우리의 죄를 대속하기 위하여 십자가에 달리신 그리스도를
   믿는 자마다 영생을 얻게 하여 주심과 같도다
4. 도피성(민35:10-12, 22-25, 롬8:1-2)
   도피성은 살인자가 회중 앞에서 판결을 받기까지
   피의 보복을 하려는 손에서 보호하여 주는 곳인데
   이는 그리스도 안에 있는 자에게는
   생명의 법이 죄와 사망의 법에서 보호하여 주심과 같도다

(2016. 1. 11)

*부산 부전교회 한병기 목사님의 《성경 66권의 그리스도》를 읽고

신명기가 약속하는 그리스도

"너희가 성경에서 영생을 얻는 줄 생각하고 성경을 연구하거니와
이 성경이 곧 내게 대하여 증언하는 것이라" (요5:39)

1. 중보자 모세(신5:5, 갈3:20, 딤전2:5)
모세가 하나님의 말씀을 받아 백성에게 전하여
하나님과 사람 사이에 중보의 사명을 다한 것같이
그리스도께서는 하나님과 사람 사이의
영원하고 완전한 중보를 약속하심

2. 선지자 모세(신18:15, 요5:24)
하나님께서 백성들에게 모세와 같은 선지자의 말을 들으라 하셨고
그리스도께서는 내 말을 듣고 나를 보내신 하나님을 믿으면
영생을 얻는다고 약속하셨다

3. 십자가에 죽으심(신21:22-23, 갈3:13)
옛날에 범죄한 사람은 저주를 받아서 나무에 달려 죽음을 당했듯이
그리스도께서는 죄 없이 우리의 죄를 대신 지시고
십자가에 달려 저주를 받으셨도다

(2016. 1. 14)

*부산 부전교회 한병기 목사님의 《성경 66권의 그리스도》를 읽고

여호수아서가 보여주는 그리스도

"너희가 성경에서 영생을 얻는 줄 생각하고 성경을 연구하거니와
이 성경이 곧 내게 대하여 증언하는 것이라" (요5:39)

1. 이름의 뜻이 같다(마1:21)
여호수아의 뜻은 '여호와는 구원이시다' 이고
예수의 뜻은 '자기 백성을 그의 죄에서 구원할 자' 이다
2. 여호수아의 사역(수1:2, 딤후4:18)
여호수아는 광야에 있는 자기 백성을 가나안 복지로 인도하고
예수님은 죄 가운데 있는 자기 백성을 하늘나라로 인도하신다
3. 여호와의 군대 대장(수5:13-15, 삼상17:26)
여호수아 앞에 나타나신 여호와의 군대 대장은
이스라엘 백성의 대장이니 성자 하나님이 사람 모습으로 오신 것,
어린 다윗의 곁에 서 있는 사람들을 하나님의 군대라 한 것도
성자 하나님이 사람의 모습으로 오신 예수 그리스도이시다
4. 에발산과 그리심산(수8:30-36, 요3:17-18)
예수님은 저주와 축복을 모두 가지고 계신 분이라
저주의 에발산과 축복의 그리심산은 그리스도의 모습이로다.

(2016. 1. 16)

*부산 부전교회 한병기 목사님의《성경 66권의 그리스도》를 읽고

요단강 건너가 만나리

“해보다 더 밝은 저 천국 믿음만 가지고 가겠네
믿는 자 위하여 있을 곳 우리 주 예비해 두셨네
며칠 후 며칠 후 요단강 건너가 만나리” (찬송가 606장)

어린 시절부터 생생하게 떠오르는 막내 누님의 모습
치미는 슬픔 못 참는데 이처럼 감싸주시는 손길
사랑하시는 주님의 따스한 손길이로다

험난한 세상에서도 반석 같은 짝을 만나
아들 딸 며느리 사위 손자 손녀와 잘 사시다가
곱게 가시는 사랑하는 누님!

어머니의 모습을 꼭 빼어닮게 살아온 좋으신 분
성균관장의 효부상孝婦賞이 세상에서의 자랑이로다
며칠 후 요단강 건너가 뵙겠습니다 고이 잠드소서

(2016. 1. 17)

*막내 누님 송옥연(宋玉鷰 , 1934.1.29~2016.1.14)은 화성시 남양읍 신남리에서 아버지 송정순(宋貞純)과 어머니 이금선(李今善)의 사남 삼녀 중 막내딸로 태어나, 맹증재(孟曾在, 1931.12.24)와 결혼하여 슬하에 정내(丁奈, 1959.10.2) 태호(太鎬, 1961.6.19) 문호(文鎬, 1965.8.27) 정운(丁云, 1968.9.7) 부호(夫鎬, 1970.11.1.) 등을 두었다

사사기가 보여주는 그리스도

1. 사사(士師 Judges) (삿2:16, 18)
이스라엘 백성이 가나안 땅에 들어가 우상숭배에 빠지자
하나님은 이방나라 군대를 막대기로 사용 백성을 징계하셨다
징계를 받으면 구원을 부르짖어 사사를 세워 편안케 하셨다
예수님께서도 자기 백성들이 범죄하면 징계를 하셨고
징계를 받으면 구원을 호소하여 새 생명과 영원한 평안을 주셨다
2. 여호와 살롬(삿6:24, 요14:27, 살후3:16)
미디안 군대가 쳐들어와 온 이스라엘이 곤경에 처해 있는데
사사 기드온이 하나님께 제사드릴 때 여호와의 사자를 보자
이제는 죽었다 두려워 떨 때 안심하라 두려워하지 말라 함이
너무 기뻐 그 제단에 이름을 새겼으니
'여호와 살롬' 이란 여호와는 평안하시다 라는 뜻이니
이는 그리스도 살롬이라는 뜻이다
3. 왕의 권세(삿9:8-13, 요6:14-15)
각종 나무들이 자기의 기름, 열매, 즙은 하나님과 사람을 위해 있어
이를 버리고 왕이 되기를 거절한 것은
예수님께서 복음을 전하고 십자가 보혈로 죄인을 구원하려고
세상 임금 되기를 거절하심의 모습이로다

(2016. 1. 18)

*부산 부전교회 한병기 목사님의《성경 66권의 그리스도》를 읽고

룻기에 숨어있는 그리스도

1. 나오미(룻1:1-5)
유다 땅 베들레헴에 엘리멜렉이라는 사람이 흉년을 만나
아내 나오미와 두 아들을 데리고 모압 땅에 가서 살며
모압여자 오르바와 룻을 며느리로 맞아 살다가
남편과 두 아들을 잃게 되어 세 여자만 살면서
많은 고난과 슬픔을 당한 것은
예수님께서 하늘나라를 떠나 세상에 오셔
멸시 천대 고난을 당하신 모습이로다
2. 룻(룻1:16-17, 요6:38, 마26:39)
나오미가 고향으로 돌아가려고
두 며느리를 친정으로 돌려보내려는데
룻은 어머니의 하나님이 나의 하나님이 되시리니
어머니께서 죽으시는 곳에서 나도 죽어 거기 묻히겠다 하였으니
이는 예수님이 세상에 오신 것은 하나님의 뜻을 행하기 위함이요
아버지의 원대로 하시기를 바라는 충과 효를 다하신 모습이로다
3. 보아스(룻4:13, 마1:5-6, 고후11:2)
보아스가 이방여자인 룻을 아내로 삼은 것은
그리스도께서 이방사람인 우리들을 구원하셔
신부인 교회를 세우신 주님의 그림자로다

(2016. 1. 19)

*부산 부전교회 한병기 목사님의 《성경 66권의 그리스도》를 읽고

사무엘서가 보여주는 그리스도

1. 사무엘(삼상3:19-20, 7:6, 15-16, 17, 12:13)
   사무엘이 선지자, 제사장, 통치자의 직분을 다한 것은
   대제사장, 중보자, 구원자, 하나님의 나라를 통치하실
   그리스도의 그림자로다

2. 요나단(삼상18:1, 눅12:4, 요15:15, 마20:28)
   사울왕의 아들 요나단이 양치는 목동 다윗을 친구 삼아
   자기 생명과 같이 사랑한 것은
   하나님의 아들로 그리스도가 우리를 십자가의 보혈로
   구원하여 주신 사랑의 그림자로다

3. 다윗(시23:1, 요10:11)
   다윗이 어려서나 왕위에 올라서나
   어린 양과 백성들의 선한 목자임은
   백성을 목숨 바쳐 구원하시는 그리스도의 모습이로다

(2016. 1. 20)

*부산 부전교회 한병기 목사님의《성경 66권의 그리스도》를 읽고

열왕기가 상징하는 그리스도

열왕기 상 · 하는 다윗왕의 말년부터 솔로몬의 즉위, 치세,
그리고 죽은 후 남북으로 갈라진 남북왕조가 다 멸망하기까지
하나님께서 선한 왕들과 그 나라는 축복을 하고
악한 왕들과 그 나라는 심판하심을 보여주심의 역사이다

1. 솔로몬(왕상3:4-15, 4:15, 20, 32-33, 9:10, 마4:4, 7, 10, 눅9:28-30, 요8:7)
솔로몬 왕의 지혜와 영광은 예수님의 지혜와 영광의 일부이다
예수님은 지혜로운 대답으로 서기관과 바리새인의 간교한 입을
막았고, 마귀에게 시험 받을 때에 지혜롭게 대답하여 물리쳤다

2. 요단강물(왕하5:1-14, 엡1:7, 히9:12, 요일1:7)
요단강물이 나아만장군의 문둥병을 깨끗하게 씻어 주었듯이
그리스도의 보혈은 우리의 죄를 깨끗하게 하여 주시도다

3. 회오리바람(왕하2:11, 행1:9)
엘리야는 회오리바람을 타고 승천하였고
그리스도는 구름 타고 승천하셨도다

(2016. 1. 25)

*부산 부전교회 한병기 목사님의 《성경 66권의 그리스도》를 읽고

역대기에 숨어있는 그리스도

역대기 상 · 하는 인류의 시조 아담으로부터 시작하여
이스라엘 백성이 바벨론 포로에서 돌아오려고 할 때까지 역사로
이스라엘 민족이 여러 민족들 중에 우수하다는 것과
야곱의 자손이 전통적이라는 것을 말하면서
유다 나라 역사를 다윗왕조를 중심으로 하여 전개하였고
북이스라엘 나라에 대하여서는 기록이 별로 없다

1. 순종의 산 모리아산(창22:1-13, 히3:6, 5:8-9)
모리아산은 아브라함이 순종하여 아들을 제물로 바쳤던 산이고
갈보리산은 그리스도가 순종하여 자신을 제물로 바치신 산이다
2. 아라우나(오르단) 타작마당(삼하24:18-25, 대상21:18-27)
다윗이 타작마당에서 제물을 사서 제사를 지낸 것같이
예수님은 십자가 위에서 자신을 드려 제사를 지냈도다
3. 솔로몬이 지은 성전(대하3:1, 6:1, 7:1, 딤전2:5)
아브라함이 제사 드린 곳, 다윗이 제사 드린 곳에
솔로몬이 지은 성전 안에 지성소에 있는 속죄소는
여호와께서 임하시어 이스라엘 자손과 만나시던 곳이듯
예수님은 하나님과 사람 사이에 중보자 그리스도시다
4. 선지자 미가야(대하18:13, 요7:16, 12:50, 14:24)
미가야는 하나님의 말씀만 전한다 한 것에는
아버지께서 주신 말씀만 전한다 하신 예수님이 숨어계시도다

(2016. 1. 28)

*부산 부전교회 한병기 목사님의 《성경 66권의 그리스도》를 읽고

에스라서에 숨어있는 그리스도

1. 인도자 스룹바벨과 에스라(스5:1-2, 7:1-10, 막5:1-15, 16:9, 요14:6)
선지자 학개와 스가랴가 하나님의 이름으로 하는 예언을 듣고
스알디엘의 아들 스룹바벨은 예루살렘에 있는 성전 재건을,
아론의 후손 스나야의 아들 에스라는 여호와의 율법을 이스라엘
백성들에게 가르칠 결심을 하여
이들은 이스라엘 백성을 바벨론에서 예루살렘으로 그 위험한 길을
하나님의 인도하심 따라 세 번이나 순탄하게 돌아온 것은
예수님께서 하나님을 떠나 마귀의 포로가 되어있는 자들과
귀신들린 자들과 약한 자들을 하나님 앞에 인도하여 주심의 그림자로다
2. 성전 건축(스5:1-2, 요2:19, 21, 11:25, 고전15:14)
스룹바벨은 예루살렘에 올라와 제일 먼저 성전을 건축하여
성전중심의 생활을 한 것은
예수님께서 자신이 성전이라 하시며 부활하신
성전중심인 생활의 그림자로다
3. 율법해석(스7:10, 마5:17-18)
에스라는 율법학자요 제사장으로 이스라엘 백성에게 여호와의
율법과 규례를 가르친 것은
예수님은 그 율법자체를 폐하거나 변경하지 아니하고
사람들에게 참뜻으로 일러주셔 영원히 구원하여 주심의 그림자로다.

(2016. 1. 30)

*부산 부전교회 한병기 목사님의 《성경 66권의 그리스도》를 읽고

느헤미야서가 보여주는 그리스도

1. 민족을 사랑하는 느헤미야(느1:3-4, 눅19:41)
하갈의 아들 느헤미야는 바벨론왕의 신임을 받아
수산궁에서 술 담당 고위 관리인데 예루살렘 소식을 듣고
자기 백성의 죄를 자기 죄로 고백하며 언약의 성취를 호소한다
예수님은 예루살렘 가까이 오셔 성을 보시고 우셨으니
장차 원수들이 와서 성을 파괴하고 자녀들을 땅에 메어치는
이스라엘 민족이 불행하게 될 것을 아시고 우셨다
2. 우림과 둠밈(느7:65, 출28:30)
우림은 빛이란 뜻이고 둠밈이란 완전이란 뜻이니
이 두 말은 완전한 빛이란 뜻이다
제사장이 여호와 앞에 들어갈 때 가지고 들어가야 했다
예수님께서는 완전하신 참 빛이시며 영원하신 빛으로 오셨다
3. 새로운 성경해석(느8:8, 마5:17, 벧후3:16)
학사 에스라는 율법의 뜻을 해석하여 백성들이 잘 깨닫게 하였고
예수님은 그 참뜻을 여러 가지로 밝히시고 가르쳐 주셨다
사도 베드로는 억지로 풀다가 스스로 멸망에 이르지 말라고 한다

(2016. 2. 1)

*부산 부전교회 한병기 목사님의《성경 66권의 그리스도》를 읽고

에스더서에서 찾아본 그리스도

1. 신앙을 지킨 모르드개(에3:2, 마4:8-9, 엡2:2, 6:12)
모르드개가 세상의 권세, 물질, 부귀, 영광,
또 다른 어떠한 유혹에도 절하지 아니하고
끝까지 자기의 신앙, 자기의 지조를 지키려 함은
세상에 오셔 갖가지 사람들의 유혹과 고통을 견디고
마귀들의 유혹을 물리치신 그리스도의 그림자로다
2. 에스더(에4:16, 3:12-15, 마20:28)
에스더는 삼엄함도 무릅쓰고 왕명도 두려워 않고
민족을 구원하기 위하여 죽으면 죽으리라 결심한 것은
우리를 위하여 죽기로 결심하시고
우리가 죄로 말미암아 죽을 것을 대신 죽으신
예수 그리스도의 그림자로다
3. 성령의 역사(에5:2, 6:1)
왕의 부름도 받지 않고 왕궁 뜰 안에 들어선
에스더를 왕이 보니 심히 사랑스러워 보인 일이나,
그 날 밤에 왕이 잠이 오지 않아 역대서를 듣다가
왕을 시해하려는 것을 막아준 모르드개를 생각나게 한 일은
모두 성령님의 도우심이로다

(2016. 2. 2)

*부산 부전교회 한병기 목사님의 《성경 66권의 그리스도》를 읽고

욥기가 보여주는 그리스도

1. 중보자를 찾는 욥(욥9:32)
나는 하나님이 아니요 하나님도 사람이 아니시라
내 억울함을 하나님께 말씀 못 드림을 애태우며
나를 대신하여 하나님께 말씀을 드려줄 중보자를 찾고 있으니,
욥이 애태워 찾고 있는 분이 바로 예수 그리스도이다
2. 중보자 성자 하나님(욥16:19-20, 시73:25)
욥은 까닭 모를 고난을 당하면서도
하나님을 원망하거나 믿음을 버리지 않는데
찾아온 세 친구는 한결같이 죄를 회개하라 하고
곁에 있는 아내까지도 비난하고 떠나버렸으나,
욥은 낙심하지 않고 중보하여 주실 분을 찾고 있으니
바로 그분은 하늘에 계시고 땅에도 오실 그리스도이다
3. 초림과 재림(욥19:25-26)
욥은 성자 하나님께서 장차 사람이 되셔 세상에 오실 것이며
죽은 다음에 영혼의 몸으로 뵙게 될 것이며
친구들이나 아내까지도 비난하면서 떠나버렸으나
하늘에 계신 그리스도는 심판하러 다시 오실 것을 믿었도다

(2016. 2. 3)

*부산 부전교회 한병기 목사님의 《성경 66권의 그리스도》를 읽고

시편이 노래하는 그리스도

"너희가 성경에서 영생을 얻는 줄 생각하고 성경을 연구하거니와
이 성경이 곧 내게 대하여 증언하는 것이라"(요5:39).
이 말씀 따라 오늘은 시편으로 들어갑니다

1. 수난을 감당하는 다윗(시22:1, 6-7, 18, 마27:39-43, 46, 요19:23-24)
다윗은 백성들의 비방과 조롱을 당함이
하나님으로부터 버림받음을 알면서도
원망하며 떠나버리지 아니하고,
예수님은 십자가 위에서 제사장, 로마 병정, 백성들로부터
조롱 받으며 죽을 것을 아시면서도 수난을 감당하시니
다윗과 예수님은 모두 '나의 하나님이시여!' 노래하도다

2. 선한 목자(시23:1-2, 119:103, 렘15:16, 요7:37-39, 10:11)
선한 목자나 말씀인 푸른 풀밭도 그리스도를 노래한 것이요
쉴만한 물가는 성령님의 은혜를 노래함이로다

3. 빛이신 예수님(시27:1, 43:3, 요8:12, 12:46)
시편에서 노래하고 있는 빛은
예수 그리스도를 찬양하는 노래로다

(2016. 2. 5)

*부산 부전교회 한병기 목사님의 《성경 66권의 그리스도》를 읽고

잠언서에 나타나 있는 그리스도

1. 지혜의 근원(잠8:22, 24-25, 골1:15-16)
   태초에 여호와께서 일하시기도 전에 나를 가지셔 낳았고
   땅이 생기기도 전에 세움을 받아 창조에 참여하였던 지혜는
   보이지 않는 형상으로 하늘과 땅에 보이는 것과
   보이지 않는 왕권, 주권, 통치자나 권세들이나 만물이
   이 지혜를 위해 창조되었으니 이 지혜는 그리스도시라
   성부 하나님은 자존하시고, 성자 하나님은 성부께서 나셨고,
   성령 하나님은 성부와 성자로부터 나오셨으니
   이 지혜의 근원은 그리스도시다
2. 지혜로운 말씀(잠8:27-31, 요1:1-3)
   성자 하나님은 성부 하나님께서 천지만물을 창조하실 때
   그 옆에 계시면서 창조자로 동참하심을 지혜가 이렇게 하셨다는
   그 말씀이 바로 그리스도이시다
3. 지혜로운 행동(잠8:17, 약1:5)
   나를 찾는 자들이 나의 사랑을 받고, 간절히 찾는 자들이 만난다
   하였으니
   주님을 연모하는 자들이 주님의 사랑을 받고,
   주님을 간절히 찾는 자들에게
   주님은 올바르게 판단하는 능력을 선물로 받는다고 하신다

(2016. 2. 7)

*부산 부전교회 한병기 목사님의 《성경 66권의 그리스도》를 읽고

전도서에서 찾아본 그리스도

"너희가 성경에서 영생을 얻는 줄 생각하고 성경을 연구하거니와
이 성경 곧 내게 대하여 증언하는 것이라"(요5:39)
이 말씀 따라 오늘은 전도서로 들어갑니다

1. 말씀을 듣는 것을 기뻐하시는 그리스도(전5:1, 눅10:41-42)
하나님의 말씀을 겸손하게 들어 그의 뜻을 깨달으려 노력하고
많은 일로 염려나 근심을 하지 말고
주님의 말씀을 듣는 데 열중하는 것을 좋아하시는 그리스도
2. 낮아지신 그리스도(전9:15, 고후8:9)
성읍이 적의 포위를 당하여도 그 안에 가난하나 지혜로운 사람이
그 성읍을 구하고 백성을 구하였으니
낮아지고 가난해져서
가난한 사람과 낮은 사람을 구원하시는 이는 바로 그리스도
3. 사람의 본분을 다하신 그리스도(전12:13, 요17:4, 빌2:6)
하나님을 경외하고 그의 명령을 지켜
아버지를 이 세상에서 영화롭게 하시며
아버지와 같다고 여기지를 아니하신 주님의 모습은
모든 사람의 본분이 되시는 그리스도의 모습이로다

(2016. 2. 10)

*부산 부전교회 한병기 목사님의 《성경 66권의 그리스도》를 읽고

아가서가 노래하는 그리스도

"너희가 성경에서 영생을 얻는 줄 생각하고 성경을 연구하거니와
이 성경이 곧 내게 대하여 증언하는 것이라" (요5:39)
이 말씀 따라 오늘은 아가서로 들어갑니다

1. 신부를 사랑하는 신랑(아4:9, 마20:28)
내 누이, 내 신부야 네가 내 마음을 빼앗았구나
인자가 온 것은 섬김을 받으려 함이 아니라 도리어 섬기려 하고
자기 목숨을 많은 사람의 대속물로 주려 함이라

2. 신부의 사랑을 받는 신랑(아2:3, 시119:103)
남자들 중에 나의 사랑하는 자는 수풀 가운데 사과나무 같구나
내가 그 그늘에 앉아서 심히 기뻐하였고 그 열매는 내 입에 달았도다
주의 말씀의 맛이 내게 어찌 그리 단지요 내 입에 꿀보다 더 달도다

3. 하나가 된 신랑 신부(아2:16, 6:3, 요14:20)
내 사랑하는 자는 내게 속하였고 나는 그에게 속하였도다
나는 내 사랑하는 자에게 속하였고 내 사랑하는 자는 내게 속하였으며
그날에는 내가 아버지 안에, 너희가 내 안에, 내가 너희 안에 있는 것을
너희가 알리라

(2016. 2. 11)

*부산 부전교회 한병기 목사님의 《성경 66권의 그리스도》를 읽고

이사야서가 예언하는 그리스도

1. 이새의 후손(사11:1, 10, 창22:18, 26:4, 28:14)
   하나님께서 아브라함과 이삭과 야곱에게 약속하신 복을
   이사야 선지자는 다윗의 후손에게 한 싹,
   한 가지가 되는 메시아로 그리스도가 태어날 것을 예언
2. 동정녀 탄생(사7:14, 마1:20-21, 눅1:31-33)
   예수님이 동정녀 탄생을 하신 데에는 깊은 뜻이 있으니
   처녀 마리아에게 성령으로 잉태하여 나셨으므로
   우리와는 달리 원죄原罪의 유전이 없는 의인임으로
   죄인들인 우리를 깨끗하게 씻어 구원하실 수 있으시다
3. 그리스도의 고난(사53:1-9)
   예수님은 머리 둘 곳도 없는데 바삐 순회하시며 가르쳤으나
   멸시와 천대를 받고 끝내는 잡히시어 심문을 받으시고
   조롱당하시고 십자가에 죽으시고 무덤에까지 내려가실 예언
4. 그리스도의 대속(사53:4-5)
   슬픔을 당하시고 창에 찔리는 상처를 입으시고
   징계를 받아 채찍을 받으시고 십자가에 달리실 것
   우리가 당할 고난을 대신 당하신 것이로다

(2016. 2. 12)

*부산 부전교회 한병기 목사님의 《성경 66권의 그리스도》를 읽고

예레미야서가 보여주는 그리스도

1. 생수의 근원(렘2:13, 17:13, 요7:37-39)
   예수님은 생수인 성령을 주실 수 있으므로 생수의 근원이로다
2. 큰 의사, 대제사장(렘8:22, 시103:3-5)
   이스라엘 백성이 지은 죄를 없게 하실 분은
   큰 의사이며 대제사장이신 예수뿐이로다
3. 목자(렘23:4, 31:10, 요10:11)
   흩어진 백성을 모으고 지키는 선한 목자는 그리스도로다
4. 새 언약을 세우심(렘31:31-34)
   나는 이스라엘의 하나님이 되고 그들은 내 백성이 되며
   그들의 악함을 사하고 다시 그 죄를 기억하지 아니하리라
   이 새 언약은 은혜의 구원인 복음이니 그리스도시라
5. 애통해 하시는 그리스도(렘8:21)
   예레미야는 백성들이 불쌍하여 슬퍼하였고
   예수님은 예루살렘이 멸망할 것을 아시고 슬퍼하셨다
6. 평안과 소망을 이르시는 그리스도(렘29:11, 요14:27)
   하나님의 생각은 백성들의 평안과 희망을 주시는 것이고
   예수님의 생각은 진실로 우리의 평안이요 소망이로다
7. 사랑하여 주시는 그리스도(렘31:3)
   주님은 다함없는 사랑으로 우리를 사랑하여 주시고
   무한하신 자비로 인도하여 주시도다

(2016. 2. 14)

*부산 부전교회 한병기 목사님의 《성경 66권의 그리스도》를 읽고

예레미야애가가 노래하는 그리스도

1. 예루살렘의 멸망(애4:1-2, 마23:37-38)
예레미야가 예루살렘성의 백성들이 비참하게 되고
도성, 성전, 거리가 부서질 것을 슬퍼하는 모습에서
예수님께서 마지막으로 예루살렘성에 입성하시다가
감람산 중턱에서 몇 날 못 가 영광스럽고 화려한 성이
황폐할 것을 아시고 슬퍼하시는 모습을 찾을 수 있도다
2. 고난당하신 그리스도(애2:15-16, 3:30, 4:13, 마27:27-31, 41-42)
예레미야가 지나가는 모든 사람이 비웃고 조롱을 들은 것은
예수님께서 대제사장, 서기관, 장로, 로마병정에게
멸시 천대 조롱 치욕을 받으시고 매 맞으심의 그림자요
예수님은 더 나아가 죄 없으시면서도 십자가에 죽어주셔
우리의 죄를 깨끗하게 하여 주신 은혜의 보혈이로다
3. 자비와 긍휼의 그리스도(애3:19-21, 시30:5, 호6:1)
사람은 다 연약하여 심한 고통을 당하면 낙심하기 쉬어
예레미야도 한 때 낙심하였으나
여호와의 긍휼과 자비로 무궁하심을 알자 소망의 노래 부른다
예수 그리스도는 우리를 불쌍히 여기시는 긍휼의 방법과
사랑하시는 자비의 표현이로다

(2016. 2. 16)

*부산 부전교회 한병기 목사님의 《성경 66권의 그리스도》를 읽고

에스겔서가 보여주는 그리스도

1. 영광의 보좌를 버리심(겔1:26-28, 계4:2-3)
   에스겔이 바벨론 그발강가에 사로잡혀간 자들과 함께 있을 때
   영광의 보좌에 앉아계신 분이 그리스도의 모습이요
   사도 요한이 밧모섬에서 본 분은 부활 승천하시어
   하늘 보좌에 앉으신 그리스도의 모습이로다

2. 인자人子
   에스겔은 "여호와의 말씀이 내게 임하여 이르시되 인자야" 라고
   여호와께서 에스겔을 아흔 번도 넘게 인자라 부르심은
   장차 오실 그리스도를 보여줌이요
   예수님은 세상에 오셔서 자신을 예순 번을 넘게 인자라 하셨다
   인자란 하나님이 사람의 몸을 입고 오셨음을 말씀하신 것이다

3. 목자(겔34:11-16, 눅19:10, 요15:16, 시23:2, 마4:4, 요6:27)
   연약한 사람으로 어찌 그리 좋으신 목자가 되어
   좋은 꼴, 은혜의 말씀을 먹여주시고
   평안하게 쉴 수 있는 곳으로 늘 인도하여 주시는
   예수 그리스도 영원히 변함없으신 우리의 목자시다

(2016. 2. 17)

*부산 부전교회 한병기 목사님의 《성경 66권의 그리스도》를 읽고

다니엘서가 보여주는 그리스도

1. 풀무 불 속에 그리스도(단3:17-18, 25)
바벨론의 느브갓네살왕이 금으로 신상을 세우고
절하지 아니하는 자는 풀무 불 속에 던져 버리라 했으나
다니엘의 세 친구는 절하지 아니하여 결박되어 불 속에
던져졌으나 이 세 사람은 상하지 아니하고 걸어다니고
그들 곁에 한 사람이 더 있는데 신의 아들 같다고 한다
이가 바로 그리스도시다
2. 재림하실 그리스도(단7:13-14, 마24:30-31, 계22:20)
다니엘이 환상 중에 보니 인자 같은 이가 구름을 타고 와서
옛적부터 계신 이로부터 권세와 영광과 나라와 백성을 받으니
그 나라와 권세는 영원하리라
인자의 징조가 하늘에서 보일 때에 구름 타고
큰 능력과 영광으로 오리니 택함 받은 자들이 모이리라
내가 진실로 속히 오리라
3. 그리스도의 나라(단2:31-35, 고전10:4, 벧전2:4)
느브갓네살왕이 꿈에 본 큰 신상과 손대지 아니한 돌이 나와
그 신상을 부셔버린 것은
그 돌이 반석이요 보배로운 산 돌이니
이는 그리스도께서 이 땅에 하나님의 나라를 세워
다른 모든 나라를 다스리실 것을 미리 보여주신 것이로다

(2016. 2. 18)

*부산 부전교회 한병기 목사님의 《성경 66권의 그리스도》를 읽고

호세아서가 예언하는 그리스도

1. 애굽에서 이스라엘로 돌아옴(호11:1, 마2:15)
   이스라엘의 출애굽의 역사 기록 속에 하나님의 사랑하는 아들은
   장차 어린 예수님이 애굽에 피난가게 되고
   그를 다시 불러 이스라엘로 돌아오게 하실 것을 예언하심이라

2. 이방인의 구원(호1:10, 2:23, 엡2:11-13)
   유대인은 자기들만을 위한 복음으로 알고 이방에 전하지 아니하나
   예수님은 유대인 아닌 이방인도 하나님의 자녀로 부르신다

3. 그리스도와 신자의 부활(호6:2, 요11:25-26)
   예수께서 사흘 만에 살아나실 것을 암시하고
   부활하신 주님께서 우리도 다시 살려주실 것을 예언하고 있다

(2016. 2. 19)

*부산 부전교회 한병기 목사님의 《성경 66권의 그리스도》를 읽고

요엘서가 보여주는 그리스도

요엘서는 요엘이 하나님께 받은 말씀으로
요엘이란 여호와께서는 하나님이시다 뜻이다
진실로 다른 아무 것도 하나님이 될 수 없고
오직 여호와만이 하나님이 되실 수 있도다

1. 여호와의 이름을 부르는 자(욜2:32, 롬10:10, 행2:21)
하나님은 장차 보내주실 그리스도를 일러 하신 말씀으로
사람이 마음으로 그를 믿어야 참 믿음이고
그 믿음으로 여호와의 이름을 불러야 구원을 받는다 하셨다

2. 보혜사 성령을 보내주리라(욜23:8-29, 행1:4-5, 2:17-18)
요엘서에서 약속하신 대로 오순절에 성령을 보내주셨고
오늘 우리가 성령님의 인도로 신앙생활을 하게 되었도다

3. 피난처와 산성이 되심(욜3:16)
예수님은 마귀 군단의 공격을 막아주시고
죄악의 권세에서 우리를 보호하여 주시고
지켜주시는 산성이시오 피난처로다

(2016. 2. 20)

*부산 부전교회 한병기 목사님의 《성경 66권의 그리스도》를 읽고

아모스서가 예언하는 그리스도

1. 하나님의 비밀(암3:7, 창18:17, 마13:11, 요6:38, 마20:28, 요11:25, 14:3)
   하나님은 소돔과 고모라를 멸하실 비밀을
   그의 종 아브라함에게 일러주신 것과 같이
   그리스도께서 성육신, 희생으로의 구원,
   그리고 부활 승천하실 하늘나라 비밀을 일러주셨다

2. 영생의 양식(암8:11, 마4:4, 요6:27)
   하나님의 말씀을 먹지 못하면 심령의 기갈이 심하나니
   육신은 떡으로 살지만 영혼은 말씀으로 만이 살 수 있다

3. 구원의 길(암5:5-6, 마11:28, 행4:12)
   어떤 땅이나 어떤 장소가 우리를 구원하지 못하고
   오직 예수 그리스도께서만 우리를 구원하시도다

(2016. 2. 21)

*부산 부전교회 한병기 목사님의《성경 66권의 그리스도》를 읽고

오바댜서에서 찾아본 그리스도

1. 심판주(옵1:3-4, 10, 12, 15, 요5:22, 27, 9:39)
사해 남쪽 험준한 산속에 살고 있는
에서의 후손 에돔족속은
요새와 같은 산세山勢를 믿고
하나님을 믿지 아니하였으며

동생 야곱의 후손 이스라엘에게 행한 포학으로
네가 행한 대로 벌이 돌아가리라 하시니
그 심판하실 분이 바로 그리스도시다

2. 구원자(옵1:17, 21, 시22:27-28)
오직 시온산에 피할 자가 있으리니 이스라엘아
그는 진리와 말씀의 토대 위에 세워지리니
이는 그리스도께서 오셔 하나님의 나라를 세우시어
믿는 자는 모두 구원하실 것을 일러주고 있도다

(2016. 2. 22)

*부산 부전교회 한병기 목사님의 《성경 66권의 그리스도》를 읽고

요나서가 예표하는 그리스도

1. 온전히 믿는 신앙(욘1:4-5, 막4:37-38)
요나가 풍랑 중에 배 맨 밑층에서 깊이 잠든 것은
하나님을 온전히 믿고 생사를 다 맡겼기 때문이요
예수님도 사람이므로 제자들과 똑같이 두렵지만
하나님 아버지께 다 맡겼기에 편안히 주무셨다

2. 죽음과 부활(욘1:17, 마12:40)
요나가 밤낮 사흘 동안 물고기 뱃속에 있다가
육지에 토함을 받은 것은
예수님께서 밤낮 사흘 동안 무덤 속에 계시다가
부활하신 것의 예표로다

3. 하나님의 사랑(욘4:5-11, 마7:9-10)
요나는 하룻밤에 자랐다가 시들은 헛된 박 넝쿨을
사랑했지만
하나님은 십이 만 명의 니느웨성에 살고 있는 사람을
사랑하였도다.

(2016. 2. 23)

*부산 부전교회 한병기 목사님의 《성경 66권의 그리스도》를 읽고

미가서가 예언하는 그리스도

1. 베들레헴에서 탄생(미5:2, 마2:5, 눅2:11)
베들레헴에서 이스라엘을 다스릴 자가 나올 것이라는 말씀대로
예수 그리스도가 이스라엘의 신령한 통치자
메시아로 베들레헴에서 탄생하셨도다
2. 태초부터 계신 그리스도(미5:2, 요1:1, 미5:4, 요12:50)
오래 전 아주 옛날부터 계신 그리스도는
하나님의 능력과 그의 이름으로 세상에 오셔
하나님의 뜻을 땅 끝까지 행하시리로다
3. 우러러보는 신앙(미7:7-8, 시123:2)
광야에서 장대에 놋뱀을 우러러본 사람들이 구원받았듯이
우리는 십자가를 우러러보면 구원을 받도다
4. 주님의 긍휼(미7:19, 시103:12-13)
주께서 우리의 죄를 용서하여 주시는 것은
오직 주께서 우리를 긍휼히 여겨 주심뿐이로다

그리스도는 예정대로 베들레헴에서 나시고
선한 목자로 양들을 편안하게 인도하셨고
우러러 바라보는 성도들은 광명으로 인도하시고
불쌍히 여겨 모든 죄 사하여 주시고
온전히 사하여 주시는 그리스도의 모습이로다

(2016. 2. 24)

*부산 부전교회 한병기 목사님의 《성경 66권의 그리스도》를 읽고

나훔서에 숨어있는 그리스도

1. 복음을 전하는 자(나1:15, 사52:7)
   아름다운 소식을 전하며 평화를 공포하며
   시온을 하나님께서 통치하신다 하는 자의 아름다운 모습
   시온산을 넘고 기드온 시내를 건너
   갈릴리 바다를 왕래하시며
   교훈과 이적을 행하시는 그리스도의 모습이로다
2. 하나님의 공의와 자비(나1:12-13, 호6:1, 마11:28)
   하나님께서 전에는 진노하셔
   그 죗값으로 무거운 멍에를 매어 놓았으나
   이제는 그리스도의 사랑으로 해방시켜 주셨도다
3. 산성이신 하나님(나1:7, 시50:15, 요10:14-15)
   하나님은 선하시어 환난 날에
   우리가 피할 산성이 되어주심은
   우리를 알아주시는 선한 목자이신
   그리스도의 모습이로다
   산 넘고 물 건너 평화의 복음을 전하는 모습
   공의로 징계하시고 자비로 은혜 주시는 모습
   모든 사정 아시고 환난 중에 보호하시는
   그리스도의 모습이로다

(2016. 2. 25)

*부산 부전교회 한병기 목사님의 《성경 66권의 그리스도》를 읽고

하박국서가 보여주는 그리스도

1. 기쁨과 소망의 생활(합3:17-18, 마8:20)
밭에 먹을 것이 없으며 외양간에 소가 없을지라도
여호와로 말미암아 기뻐하고 즐거워하는 하박국의 모습
아무것도 가진 것 없으시나 슬퍼하거나 낙심 아니하시고
아버지의 사랑 안에 소망을 가지시고
항상 기뻐하시던 그리스도의 모습이로다
2. 하나님의 영원하신 자비(합3:2, 호6:1, 요3:16, 5:22)
공의로 진노하셨으나
수년 내에 자비로 긍휼을 베풀어 주실 것을
기억하여 주시옵소서
선지자 하박국의 기도는
심판을 맡으신 그리스도의 오심을 바라고 있음이로다
3. 의인은 믿음으로 살리라(합2:4, 마9:22, 막9:23, 요3:16, 엡2:8, 롬1:17)
의인된 사람은 믿음으로 말미암아 살리라는 말이 아니고,
믿음으로 말미암아 의인이 된 사람은
구원을 받아 살리라는 뜻이로다
4. 재림의 날(합2:14, 마24:30)
장차 그리스도의 영광이
온 땅에 충만할 것을 예언하고 있도다

(2016. 2. 26)

*부산 부전교회 한병기 목사님의 《성경 66권의 그리스도》를 읽고

스바냐서가 예표하는 그리스도

"너희가 성경에서 영생을 얻는 줄 생각하고 성경을 연구하거니와
이 성경이 곧 내게 대하여 증언하는 것이라" (요5:39)
오늘은 이 말씀 따라 스바냐서로 들어갑니다

1. 마음 속에 거하시는 그리스도(습3:17, 요15:4-5)
너희 가운데 계신 하나님은
장차 오셔 너희 안에 거하실 예수 그리스도시라

2. 구원사역의 그리스도(습3:17, 19, 20, 요5:17, 6:38, 17:4)
구원을 베푸실 전능하신 분은 장차 세상에 오셔
하나님의 뜻을 이루어 인간을 구원하시고
아버지를 영광스럽게 하실 그리스도의 예표로다

3. 환난의 날 예고(습1:15-16, 마24:29)
환난과 통곡의 날에 하늘에 권능들이 흔들리는 날에
영광과 위엄으로 다시 오셔
영광 중에 맞아주실 그리스도의 예표로다

(2016. 2. 28)

*부산 부전교회 한병기 목사님의《성경 66권의 그리스도》를 읽고

학개서가 예표하는 그리스도

1. 하나님의 소유(학2:8, 출19:5, 시74:16, 89:11, 사43:1, 8:6, 마28:18)
은도 금도 하나님이 만든 것은 다 하나님의 것이요
모든 민족 중에서 하나님의 말씀을 잘 듣고 지켜
하늘과 땅을 다스리시는 권세를 받으실 분이 바로
장차 오실 그리스도시로다

2. 성전건축(학1:8, 요2:19, 고전3:16)
학개 선지자가 바벨론에서 돌아와 보니 성전이 다 허물어졌는데
백성들이 성전건축을 하지 않으려는 것을 보고 권면하여 외친다
그러나 이 권면은 그리스도의 부활을 믿으라는 영적 의미이니
성전건축은 바로 그리스도의 부활과 우리들의 구원이로다

3. 스스로 굳세게 하라(학2:4, 고전3:11, 삼상30:6, 마28:20)
닦아둔 터를 믿어 힘을 입어 용기를 얻어
배신하지 아니하고 충성하면
세상 끝날까지 함께하여 주실 분이
바로 예수 그리스도시니라

(2016. 2. 29)

*부산 부전교회 한병기 목사님의 《성경 66권의 그리스도》를 읽고

스가랴서가 보여주는 그리스도

1. 싹(슥3:8, 6:12, 사53:2)
 싹이라 부르는 사람이 자기 곳에 돋아나서 여호와의 전을
 건축하리라 하신 그 싹은 연한 순 같은 그리스도시다
2. 머릿돌(슥3:9, 4:7, 사28:16, 벧전2:4)
 또 여호수아 앞에 세운 돌은 머릿돌이 되어 은총이 될 것이며
 견고한 기초돌이라 이 돌은 사람에게는 버림받았으나
 하나님께는 택하심을 입은 보배로운 산돌이신 예수 그리스도라
3. 나귀새끼를 타실 그리스도(슥9:9, 마21:7, 막11:7, 눅19:35)
 네게 오실 왕은 겸손하셔 나귀새끼를 타고 오시리라 하신 대로
 그리스도는 나귀 타고 예루살렘에 입성하셨도다
4. 언약의 피(슥9:11, 마26:28, 벧전1:19)
 네 언약의 피로 갇힌 자들을 구덩이에서 건져 놓았으니
 이는 흠 없고 점 없는 그리스도의 피로 된 것이로다
5. 팔리실 그리스도(슥11:12, 마26:15)
 은 삼십 개를 달아서 내 품삯을 삼았다는 것은
 그리스도께서 은 삼십에 팔리실 것의 예표로다
6. 그리스도의 재림(슥14:4-9)
 여호와께서만 아시는 한 날이 있으리니 그날에 감람산에
 여호와께서 모든 거룩한 자들과 임하실 것이요
 그리스도께서 다시 오시어 심판하시리라

(2016. 3. 1)

*부산 부전교회 한병기 목사님의《성경 66권의 그리스도》를 읽고

말라기서에서 찾아본 그리스도

1. 언약의 사자(말3:1, 창22:18, 26:4, 28:14, 사7:14, 미5:2, 딤전2:5)
아브라함과 이삭과 야곱에게 약속하신
축복을 성취하기 위하여
하나님과 사람 사이에 중보자로 오실
언약의 사자는 그리스도시다

2. 그리스도의 사랑(말1:2-3, 요15:9, 마20:28)
하나님께서 이스라엘을 사랑하여 주신 것같이
예수님도 우리를 사랑하여 주시도다

3. 이상적인 제사장(말2:5-6, 사53:9)
생명과 평강을 다 하셨던 그리스도는
진리만 말씀하셨고 불의不義가 없었도다

(2016. 3. 2)

*부산 부전교회 한병기 목사님의《성경 66권의 그리스도》를 읽고

복음서에서 역사하시는 그리스도

"너희가 성경에서 영생을 얻는 줄 생각하고 성경을 연구하거니와
이 성경 곧 내게 대하여 증언하는 것이니라" (요5:39)
이 말씀 따라 오늘은 마태복음, 마가복음, 누가복음, 요한복음으로
들어가 성경대로 세상에 오셔 일하시는 그리스도를 뵙습니다

1. 죄인을 구원하신 그리스도(창22:18, 마1:1, 4:23, 9:35, 막1:14, 눅4:43, 요3:17)
온 갈릴리 다니시며 회당에서 가르치고 복음을 전파하셔
백성 중에 모든 병과 약한 것을 고쳐 구원하셨도다

2. 부활하시고 승천하신 그리스도(마20:28, 28:6, 막16:6, 19, 요14:2)
다시 살아나셔 제자들과 함께 계시다가
하늘로 올려지사 하나님 아버지의 우편에 계시도다

3. 재림하실 그리스도(마25:31-33, 요14:3)
다시 오셔 영광의 보좌에 앉아 모든 민족을 그 앞에 모으고
양은 오른편에 염소는 왼편에 두리라

(2016. 3. 5)

*부산 부전교회 한병기 목사님의 《성경 66권의 그리스도》를 읽고

사도행전이 증거하는 그리스도

1. 그리스도의 죽으심, 부활, 승천, 재림(행2:23, 24, 32, 3:15, 5:30, 1:9, 1:11)
너희가 못박아 죽였으나 하나님께서 들어 살리셨고,
우리가 하늘로 올려져 가는 것을 보았고
하늘로 가심 그대로 다시 오리라
2. 죄인을 구원하신 그리스도(행4:12, 2:21, 10:43, 13:39, 16:31)
다른 이로는 구원을 받을 수 없고, 믿는 자마다 의롭다 함을 받고,
온 가족이 구원을 받으며, 박해하는 자를 회개시키고,
그리스도의 몸 된 교회를 세우신 그리스도
3. 성령을 통한 그리스도의 역사役事(행1:4-5, 2:33, 38, 8:29, 16:6-7)
그리스도가 아버지께 성령을 받아 성령세례를 베푸시고
성령이 말씀을 듣게 하여 주시고
말씀을 전하고 아니 전하고를 일일이 일러주시고
그리스도의 말씀을 기억나게 하여 주시며
갈 길을 인도하여 주시도다

사도행전은 예수 그리스도의 죽으심과 부활과 승천과 재림,
그리고 구원사역과 성령으로 역사하신 사실들을 증거하고 있으니
사도들의 행전이요 성령의 행전이요 그리스도의 행전이로다

(2016. 3. 7)

*부산 부전교회 한병기 목사님의《성경 66권의 그리스도》를 읽고

로마서가 보여주는 그리스도

1. 복음의 중심(롬1:2, 3:18)
  복음은 하나님이 그의 아들에 관하여 약속하신 것으로
  의롭다 하심을 받는 것은 율법을 행하여 얻는 것 아니오
  그리스도를 믿음으로 되는 줄을 아는 것이니
  복된 말씀의 중심에는 그리스도가 계시다
2. 우리를 속량하여 주심(롬3:24, 6:18, 22, 고후5:17)
  그리스도께서 십자가에 죽으셔 아버지께 순종하심으로
  우리를 죄의 노예에서 그 값을 내고 풀어내어
  이제 하나님께서 옳은 길로 들어섰다 하셨으니
  이전 것은 지나가고 새것이 되었도다
3. 대신 죽으신 의로우신 죽음(롬5:6-10)
  우리가 아직 연약할 때에 기약하신 대로
  그리스도께서 경건하지 아니한 우리를 위하여
  죽으심으로 하나님과 화목하게 되어 구원받았도다

(2016. 3. 10)

*부산 부전교회 한병기 목사님의 《성경 66권의 그리스도》를 읽고

고린도 전·후서가 증거하는 그리스도

1. 그리스도는 하나님의 능력이요 지혜(고전1:22-24, 잠8:30)
   예수님은 동정녀에게서 나시고 이적을 행하시고
   죽었다가 다시 사시고 승천하시고 죄인들을 감동케 하시고
   그를 믿는 자를 구원하시는 일이 하나님의 능력이요
   태초에 하나님의 곁에서 천지창조에 동참하시고
   십자가에 죽으심으로 죄인들을 구원하심이 하나님의 지혜로다
2. 성경대로 이루심(고전15:3-4)
   그리스도께서는 성경대로 우리를 위하여 죽으시고
   성경대로 장사 지낸 바 되었다가
   성경대로 사흘 만에 다시 살아나셨도다
3. 사랑으로 강권하시는 그리스도(고후5:14-15)
   그리스도가 모든 사람을 위하여 죽으심은
   살아있는 사람들로 하여금 다시는 자기를 위하여 살지 말고
   오직 대신 죽었다가 살아나신 그리스도를 위하여 살라고
   사랑으로 강권하시도다
4. 교회에 충만한 그리스도의 은혜(고후13:13)
   믿는 자들은 예수 그리스도의 십자가를 통하여
   성부 하나님의 사랑을 체험하게 되며
   성령 하나님과 교제를 갖게 되도다

(2016. 3. 12)

*부산 부전교회 한병기 목사님의 《성경 66권의 그리스도》를 읽고

갈라디아서에서 역사하시는 그리스도

1. 몸으로 드린 희생(갈1:4, 요6:38~39, 딤후4:18)
 물에 빠진 사람 건져주는 것은 육신을 구하는 것이요
 죄에 빠진 사람 건져주는 것은 영혼을 구원하여 주심이니
 그리스도께서 죽으시며 우리를 살려주심은
 십자가의 사랑이요 몸으로 드린 사랑이로다
2. 내 안에 계신 그리스도(갈2:20, 요6:56)
 우리가 그리스도를 구세주로 믿으면
 그리스도와 함께 십자가에 못박혔나니
 이제는 우리가 사는 것 아니오
 오직 내 안에 계신 그리스도께서 사시는 것이라
 예수님의 고난 받은 살과 피를 믿는 우리는 주님 안에 살고
 주님은 우리 안에 살고 계시도다
3. 자유를 주시는 그리스도(갈5:1)
 그리스도께서는 우리를 죄에서 해방시켜 주셨을 뿐만 아니라
 그 자유를 자유롭게 누리는 사람이 되게 하셨도다
 죄에서 해방시켜 놓고 율법으로 다시 묶지 아니하시고
 또 다른 무엇인가에 예속시켜 놓은 것이 아니로다
 자유를 주신 목적도 자유요 주시는 방법도 자유이기에
 우리는 참으로 자유롭게 되었도다

(2016. 3. 14)

*부산 부전교회 한병기 목사님의《성경 66권의 그리스도》를 읽고

옥중서신(에베소서 빌립보서 골로새서 빌레몬서)이 보여주는 그리스도

1. 보혈로 속량하여 주심(엡1:7, 골1:14)
   우리는 그리스도 안에서 그리스도의 피로 죄 사함 받았도다

2. 지극히 낮아지셨다가 지극히 높아지심(빌2:5-11)
   성자 하나님이신 그리스도는 사람으로 되어 죽기까지 복종하셨고
   성부 하나님께서 지극히 높여 하늘과 땅에 모든 자를 무릎 꿇렸다

3. 교회의 머리(골1:14-18)
   그리스도는 그의 몸이신 교회의 머리시니
   죽은 자들 가운데 먼저 나신 이요 천하 만물의 으뜸이 되도다

4. 십자가 승리(골2:15, 마16:21-23)
   그리스도는 세상의 통치자들과 권세들을 허수아비로 만들어
   세상에 구경거리로 삼으시고 십자가로 그들을 이기셨으며
   주변 가까이 있는 사단의 방해도 물리치셨다

5. 담력을 주시는 그리스도(몬1:8, 20, 23)
   주안에서 담력과 기쁨과 평안과 능력을 주시는
   그리스도의 모습을 보여주도다

(2016. 3. 16)

*부산 부전교회 한병기 목사님의 《성경 66권의 그리스도》를 읽고

데살로니 전·후서가 증거하는 그리스도

1. 우리를 위하여 죽으심(살전5:10)
우리가 주님의 손을 잡으면 놓일까 염려하셔
주님이 우리 손을 잡고 함께 살려 하시도다

2. 노하심에서 구원하시고 악한 자에게서 지켜주심
(살전1:10, 5:9, 살후3:3, 시121:4, 6)
데살로니가 교인들이 우상을 버리면
그리스도께서 하나님의 노하심에서 건져주시고
우리를 굳건하게 하시며 졸지도 아니하시고
악한 자에게서 지켜 주시도다

3. 재림의 날(살전4:16-17, 5:2, 마24: 36, 계6:15-16)
주님 다시 오실 날은 예상할 수 없으며
아무도 모르고 오직 하나님 아버지께서만 아시며
성자 하나님께서 친히 강림하시는데
믿다가 죽은 자와 살아있는 자들이 공중에서 영접하리니
땅의 임금들이 그들 위에 떨어질까 가려 주시고
하늘나라 백성이 되어 그리스도와 영원무궁 함께하리라

(2016. 3. 17)

*부산 부전교회 한병기 목사님의 《성경 66권의 그리스도》를 읽고

이스보셋은 두 번 죽은 것인가

"브에롯 사람 림몬의 아들 레갑과 바아나가 길을 떠나
볕이 쬘 때 즈음에 이스보셋의 집에 이르니
마침 그가 침상에서 낮잠을 자는지라
레갑과 그의 형제 바아나가 밀을 가지러 온 체하고
집 가운데로 들어가서 그의 배를 찌르고 도망하였더라
그들이 집에 들어가니 이스보셋이 침실에서 침상 위에
누워있는지라 그를 쳐죽이고 목을 베어
그의 머리를 가지고 밤새도록 아바라 길로 가" (삼하4:5-7)

사울왕의 아들 이스보셋왕이 어떻게 두 번을 죽었다는 말인가
전도사의 배려로 알고 보니
"이 부분은 혼란을 일으키는 표현이나
히브리어법에서 앞의 내용을 반복해서
관점을 달리하거나 구체적으로 표현하려고 흔히 쓰는 표현방법이라"

그렇다면, 우리의 성경의 표현은 이렇게 했으면 좋았을 텐데
위의 말씀 중 5절과 6절은 그대로 두고
다만 7절 머리에 "다시 말하면" 한 구절을 넣음.

(2016. 3. 18)

*수원 제일감리교회 권순명權淳明 전도사의 도움으로 옥스퍼드 원어성경대전 사무엘 하 1장-10장 P. 313에서 인용

목회서신(디모데 전·후서, 디도서)이 보여주는 그리스도

1. 세상에 오신 그리스도의 목적(딤전1:15)
   예수께서는 누구든지 자기 죄를 인정하고
   회개하는 사람을 구원하시려고 세상에 오셨다
2. 세상에 오신 그리스도의 자격(딤전2:5)
   아담과 하와가 범죄하여 에덴에서 쫓겨난 후
   하나님과 사람 사이에 관계가 완전히 끊어진 것을
   다시 연결시켜 정상적 관계로 회복하는 중보자로 오셨다
3. 세상에 오신 그리스도의 의의意義(딤후2:8)
   그리스도는 복음대로 다윗의 씨로 다시 살아나
   메시아로 땅에 오셔서 우리를 구원하기 위하여
   죽었다가 다시 살아나신 분이며
   우리에게 부활을 주시려고 부활의 첫 열매가 되신 분이다
   (고전15:20, 고후5:14-15)
4. 생명의 본체이신 그리스도(딤후4:18, 행4:12, 10:43)
   그리스도는 우리를 악한 일에서 건져내 주시고
   하늘나라에 들어가도록 인도하여 주시도다
5. 대속 죽음의 목적(딛2:14)
   우리가 참 믿음으로 말씀을 순종하여
   하나님의 사랑을 받으면서 동행할 수 있게 하신다

(2016. 3. 19)

*부산 부전교회 한병기 목사님의 《성경 66권의 그리스도》를 읽고

히브리서가 증거하는 그리스도

1. 지극히 크신 이의 우편에 앉으신 분(히1:1-3, 13, 8:1, 엡1:20, 골3:1)
대제사장으로 구속사역을 완성하시고
영광의 보좌에 앉아
모든 것을 다스리고 계신 그리스도

2. 시험당하는 자를 도우심(히2:18, 4:15)
그리스도께서는 시험을 받으시고 고난을 당하셨으나
죄는 짓지 아니하신 분이라 시험당하는 자들을
능히 도와주시도다

3. 자신의 피로 구원하여 주심(히3:1, 9:11-12, 4:14, 5:8-9, 8:6, 12:24, 13:20)
그리스도는 순종하는 자들에게 영원하신 구원의 근원이요
더 좋은 언약의 중보자요 새 언약의 중보자요
양들의 큰 목자로다

(2016. 3. 21)

*부산 부전교회 한병기 목사님의 《성경 66권의 그리스도》를 읽고

야고보서, 베드로 전·후서가 증거하는 그리스도

1. 긍휼과 자비의 그리스도(약5:11, 시103:8)
   그리스도는 가장 자비하시고 우리를 긍휼히 여기시며
   은혜로우시며 노하시기를 더디 하시고
   인자하심이 풍부하시도다
2. 죄에서의 구원 확신(벧전1:18-19)
   그리스도는 우리의 지식이나 지혜나 권세나 능력을 보시고
   구원한 것 아니고 주님의 보배로운 피로 구원하셨고
   원죄原罪를 이어받은 일없고 자범죄自犯罪도 지은 일 없어
   우리의 죄를 대신하여 죽으시어 구원하셨도다
3. 하나님 앞으로 인도하여 주심(벧전3:18)
   그리스도의 구원은 우리가 자력으로 구원받는 것 아니고
   주님께서 놀라우신 능력으로 구원하시는 것이다
   하늘나라 들어가는 문 열어놓았으니 마음대로 하라는 것 아니고
   그리스도가 우리의 손을 잡고 하나님 앞으로 들어가 주신다
4. 그리스도를 상징하는 말씀(약2:1, 4:10, 벧전1:25, 2:22, 3:12, 벧후2:9)
   영광의 주, 낮추는데 높아진다, 입에 거짓이 없다, 눈은 의인을 향하고
   귀는 의인의 간구에 기울이며 얼굴은 악인을 대한다
   경건한 자 건지시고 불의한 자 벌 아래 두신다

(2016. 3. 23)

*부산 부전교회 한병기 목사님의 《성경 66권의 그리스도》를 읽고

요한 일, 이, 삼 서, 유다서가 증거하는 그리스도

1. 영원하신 하나님(요일1:1, 요1:1)
태초란 제일 처음이란 뜻이 아니고 만물이 지음 받은 그 이전이니
그 시작을 말할 수 없는 때에 계셨던 말씀이 그리스도시다
2. 성육신하신 하나님(요일4:2, 요이1:7)
예수께서 사람의 몸을 입고 우리를 구원하려고 세상에 오셨으니
이 분이 성자 하나님이시다
3. 화목제물이 되신 그리스도(요일3:5, 16, 2:2, 4:10)
하나님의 말씀을 거역하는 자들을 바른 길로 이끌기 위하여
인간의 모습으로 오셔 목숨을 화목제물로 드리셨다
4. 인간의 대언자(요일2:1)
예수 믿고 구원 받은 후에도 연약하여 모르고 진 죄, 알고 지은 죄
그리스도께서 하나님께 대신 용서를 빌어주신다
5. 구원과 심판의 주(요일5:12, 유1:5-6)
그리스도를 믿는 자에게는 생명을 주시고
믿지 않는 자에게는 출애굽할 때와 같이 심판하실 것이라
그리스도는 구원의 주님이시며 심판의 주님이십니다

(2016. 3. 26)

*부산 부전교회 한병기 목사님의 《성경 66권의 그리스도》를 읽고

요한계시록이 증거하는 그리스도

"너희가 성경에서 영생을 얻는 줄 생각하고 성경을 연구하거니와
이 성경 곧 내게 대하여 증언하는 것이니라" (요5:39)
이 말씀 따라 오늘은 요한계시록으로 들어갑니다

1. 그리스도는 알파와 오메가요 다시 사신 분(계1:8, 18, 2:8)
   예수님은 창조의 주이시므로 시작이 없고
   심판의 주시므로 끝남이 없이 살아계시다
   죽었다가 다시 사신 분이라 다시 오실 분이시다

2. 일곱 별과 일곱 금 촛대 사이를 거니시는 분(계1:16, 20, 2:1)
   오른손에 있는 일곱 교회의 사자와 일곱 교회를
   보호하시고 인도하고 계시다

3. 어린 양 예수 그리스도(계5:9, 계5장-8장)
   일찍이 죽음을 당하사 각 족속과 방언과 백성과 나라
   사람들을 피로 사서 하나님께 드리시고
   흰옷을 입은 수를 셀 수 없이 많은 무리들로부터
   무한한 영광과 경배를 받고 계시도다

(2016. 3. 29)

*부산 부전교회 한병기 목사님의《성경 66권의 그리스도》를 읽고

드러내려 하지 않고는 숨긴 것이 없고

"드러내려 하지 않고는 숨긴 것이 없고
나타내려 하지 않고는 감추인 것이 없느니라" (막4:22)

숨겨진 것은 드러나기 마련이고
감추인 것도 드러나기 마련이다
등불이신 예수님은 자신의 신분을 감추셨지만
언젠가는 세상에 드러나게 되실 것이다

예수님은 결국 십자가와 부활을 통하여
메시아이심이 세상에 알려지고
그의 복음전도를 통하여
하나님의 아들이심이 알려질 것을 말씀하셨도다

우리는 등경 위에 등불같이
예수님이 하나님의 아들이시며 메시아이심이
온 세상에 알려진 때에 태어나
하나님을 믿어 바알세불을 두려워하지 아니하고
외식하는 바리새인들의 충동에 물들지 아니함
기뻐 찬양하노라

(2016. 4. 1)

하나님의 말씀을 폐하며

"너희가 전한 전통으로 하나님의 말씀을 폐하며
또 이 같은 일을 많이 행하느니라" (막7:13)

유대인들이 하나님께 바친 예물은 사람들이 사용하지 못하게
서약하는 "고르반" 이라는 전통을 핑계 삼아
부모를 공경하지 아니함을 정당화 하는 짓을 책망하신다

고르반 맹세는 하나님을 섬기기 위한 것이고
하나님을 섬기는 일이 부모를 섬기는 일보다 우선이다
그러나 예수님은 하나님을 섬기는 일과 부모에 대한 효도를
분리하지 아니하고 사랑으로 해석되어야 한다고 일러주신다

오늘 나는 하나님을 믿는다는 핑계로
부모 가족 이웃을 저버리지는 아니하는가 돌아보니
그 어느 하나도 제대로 섬기는 것이 없도다

(2016. 4. 2)

주의 여종이오니

"마리아가 이르되 주의 여종이오니
말씀대로 내게 이루어지이다 하매
천사가 떠나가니라" (눅1:38)

예수님의 탄생을 예고하는 가브리엘 천사는
몇 마디 말로 메시아의 이름, 그의 위대하심,
하나님의 아들 되심, 다윗 왕국의 회복,
모든 약속의 성취 및 그가 건설하게 될 왕국을
마리아에게 간결하게 전한다(눅1:26-37)

성모 마리아는 주의 여종이니 말씀대로
내게 이루어지이다 순종한다

예언을 받아들이고 사람 더구나 동정녀로서는
참기 힘든 어려움과 아들에 대한 십자가의 고통
뒤따라가며 끝내는 아들의 죽음을 품에 안고 참음
마침내 무덤 문 여시고 다시 살아나신 구세주
이것이 아들과 내가 이루어야 할 일이었다 기뻐하셨다

(2016. 4. 6)

지극히 높은 곳에서는

“지극히 높은 곳에서는 하나님께 영광이요
땅에서는 하나님이 기뻐하신 사람들 중에 평화로다” (눅2:14)

베들레헴 부근 들 밖에서 목자들이 밤에 양떼를 지키고 있는데
주의 영광이 두루 비추매 목자牧者들이 무서워하니
천사가 이르되 보라 내가 온 백성에게 큰 기쁨의 좋은 소식,
너희를 위하여 구주가 나셨으니 그리스도 주시니라 하자
홀연히 수많은 천군이 그 천사와 함께 하나님을 찬송한 내용이다

하늘나라 높은 곳에서는 하나님께 영광
땅에서는 주를 기쁘시게 하는 모든 사람에게 평화

하늘에는 영광! 땅에서는 평화!

주님 이 땅에 오심을 찬양하네
하늘에서는 하나님께 영광스러운 일이요
이 땅에서는 주님을 믿는 자들이 평화를 누리도다

(2016. 4. 8)

저주하는 자를 위하여 축복하며

"너희를 저주하는 자를 위하여 축복하며
너희를 모욕하는 자를 위하여 기도하라" (눅6:28)

예수님께서 택하신 열두 제자들에게
당부하신 말씀이긴 하지만,
사람이 어떻게 할 수 있을까 나는 못해

할머니 따라 아장아장 걷다가 힘들만한 도랑을 만나면
앞서가셔서 돌아보시는 할머니를 부르면 두 손 벌리며
그리도 좋아하시며 덥석 품어주시던 모습 떠오른다

우리를 잘 알고 계신 예수님 어려운 명령을 하심은
두 손 벌려 간절히 애원하는 그 모습 보시기에 좋아
덥석 안아주시려는 것 아닐까

옹졸하고 믿음 약한 내 마음 다 알고 계신
하나님을 의지하고 겸손히 부르면
성령님의 인도로 내 마음 변화되리로다

(2016. 4. 11)

할아버지 눈이 이상해

여섯 살 외손자가 다가와 얼굴을 자세히 보며
근심스러운 모습으로 일러준다
"할아버지! 눈이 이상해"

녹내장으로 시력이 거의 다한 상태이긴 하지만
달포 가량 독감으로 치료를 받아 기력이 없고
주야로 열심히 성경을 읽어 시력이 떨어졌구나

나도 몰랐고 아무도 말하여 주지 아니한 것을,
의사는 아픈 데를 묻고 진찰을 하여야 아는데
지혁이는 살펴보고 일러줌에 기특하구나

어린 것이 이렇게 보살펴 주니 새 힘이 솟아
손잡고 동네 한 바퀴를 돌고 나니
부러운 것이 다 사라지는구나

내 어린 시절 할머니 어머니
이마에 손을 얹어 열을 알아보시던
그 손길을 어린 손자에게서 느끼도다

(2016. 4. 13)

*외손자 윤지혁(尹志奕, 2011.12.18)

외손자 윤지혁(왼쪽에서 두 번째)

너희 믿음이 어디 있느냐

"제자들에게 이르시되 너희 믿음이 어디 있느냐" (눅8:25)

예수님께서 제자들과 함께 배를 타시고
호수를 건너가시다가 잠이 드셨는데
광풍이 호수를 내리쳐 배에 물이 가득하자
제자들은 있는 힘을 다 하였으나 위태하게 되자
주여 주여 우리가 죽겠나이다 하며 주무시는 주님을 깨우니

예수님께서 바람과 물결을 꾸짖으시자 잔잔하여진 뒤에
창조주이시며 천지만물을 다스리시며 너희를 구원하여 주시는
하나님을 왜 믿지 아니하느냐 제자들을 꾸짖고 계시다

서해 바닷가 걷다가 큰 물결소리에
주님의 말씀이 들려오도다
성경을 상고하고 설교를 들어도 깨닫지 못하면서
내 안에 모신 주님의 잠을 깨우지 아니하고
모시고만 다니는 미련함
이 또한 하나님을 믿지 않는 불신앙이로다

(2016. 4. 15)

이것을 알고 행하면 복이 있으리라

"너희가 이것을 알고 행하면 복이 있으리라" (요13:17)

종이 주인보다 크지 못하고 보냄을 받은 자가 보낸 자보다
크지 못함과 예수님이 제자들의 발을 씻기신 의미를 알아
크신 하나님을 두려워하며 사람을 겸손하게 섬김을 행하면 잘 살리라

제자들 사이에 누가 크냐는 다툼에 대하여
하나님 앞에는 다 낮음과 겸손하게 섬기는 일이
복 받는 일이라고 일러주신다

하나님께서 선물로 주시는 복을 즐기며
하나님의 자녀답게 살며
주변 사람들에게도 베풀어 섬기라

받은 선물을 자랑만하며 헛된 믿음의 몸부림칠까
경건하게 드려야 할 예배가 굿판으로 변질될까
기도가 현재의 복을 달라는
주문呪文으로 추락할까 두렵도다

(2016. 4. 19)

너희 기쁨이 충만하리라

"지금까지는 너희가 내 이름으로 아무것도 구하지 아니하였으나
구하라 그리하면 받으리니 너희 기쁨이 충만하리라" (요16:24)

예수님이 제자들과 함께 계신 동안에는
제자들이 예수님의 이름으로 아무것도 구하지 아니하였으나
이제 나의 이름으로 구하라 그리하면 받아 기쁨이 충만하리라

제자들이 예수님을 메시아로 따르기는 하면서도
유대교의 메시아처럼 로마제국을 멸망시켜 해방시켜 주는
강력한 왕으로 잘못 알고 있음을 지적하시는 말씀이다

주님은 우리를 죄에서 구원하여 영생을 주시는 메시아로 믿고
무엇이든지 예수님의 이름으로 구하여 얻는 기쁨은
하나님의 사랑을 받고 있다는 마음에서 더욱 참되고 귀한 기쁨,
성령 안에서 주시는 기쁨이요 성령 안에서 누리는 기쁨이로다

(2016. 4. 21)

다 이루었다

"예수께서 신 포도주를 받으신 후에 이르시되
다 이루었다 하시고 머리를 숙이니
영혼이 떠나가시니라" (요19:30)

동정녀 몸에 잉태되어 베들레헴에서 나시고
아기 예수님 애굽으로 피하셨고
사단에게 시험 당할 때 성경대로 대답하시었다

천국복음을 가르치시며 전파하시고
하나님의 나라를 이루시었고
백성들의 모든 병과 약한 것을 고치시었다

나귀새끼 타고 예루살렘성에 들어오셨고
반항 아니하고 잡히시고
우리의 죄를 대신하여 죽으셨도다

사흘 만에 부활하셨고 승천하셨으니
땅에서의 그 사명을 다 하시었다
장차 재림하시리로다

(2016. 4. 25)

요한의 아들 시몬아 네가 나를 사랑하느냐

"예수께서 시몬 베드로에게 이르시되
요한의 아들 시몬아 네가 이 사람들보다 나를 더 사랑하느냐
하시니 이르되 주님 그러하나이다
내가 주님을 사랑하는 줄 주님께서 아시나이다
이르시되 내 어린 양을 먹이라 하시고" (요21:15)

예수님은 베드로에게 네가 나를 사랑하느냐 물으심은
아직도 사랑하신다는 고백을 듣고자 함이니
부모가 자녀에게 엄마가 좋아 아빠가 좋아 묻듯

베드로의 주님을 사랑하는 줄 주님께서 아시나이다란
죽기까지 주님을 따르겠다면서 부인과 저주까지 한
이 모든 것을 알고 계신 주님을 전적으로 의지한 대답

예수님은 베드로에게 세 번씩이나 사랑하느냐 물으시니
그의 깊은 회개와 겸손한 대답을 들으심으로
그의 권위를 회복시키고
신자들의 지도자로 세우셨도다

(2016. 4. 28)

하나님은 사람의 외모를 보지 아니하신다

"베드로가 입을 열어 말하되
내가 참으로 하나님은 사람의 외모를 보지 아니하시고
각 나라 중 하나님을 경외하며 의를 행하는 사람은
다 받으시는 줄 깨달았도다" (행10:34-35)

이달리야 부대 백부장 고넬료의 집에서
베드로가 설교를 하면서 고백한 말씀이다
하나님은 사람의 외모, 민족, 소유 등을
보고 구원하시지 않으신다

사람이 오래 믿었거나 모태신앙이거나
신학교를 나왔거나 목회를 오래했거나
이 같은 외모를 보시지 아니하신다

어느 나라 사람이든지
하나님을 경외하며 의를 행하는 사람은
다 구원하여 주신다

조용히 고개 숙여 하나님을 공경하며
겸손히 말씀을 순종하노라면
옳다고 인정받아 구원을 받을 것이다

(2016. 5. 1)

주 예수를 믿으라

"주 예수를 믿으라
그리하면 너와 네 집이 구원을 받으리라" (행16:31)

바울과 실라가 2차 선교여행 중 점치는 귀신들린 여종이
이 사람들은 지극히 높은 하나님의 종으로
구원의 길을 전하는 자니라 외치자
바울이 귀신에게 "예수 그리스도의 이름으로 명하노니
그에게서 나오라" 하여 귀신이 나오자
여종의 주인이 수익의 소망이 끊어지자 고발하여
바울과 실라가 감옥에 갇힌다
밤이 깊어지자 지진이 나서 감옥 터가 움직이고
문이 열리고 묶인 것이 풀리니 간수가 깨어 놀라
자진하려는 것을 보고 우리가 여기 있다며 말려놓으니
간수가 어떻게 하여야 구원을 받겠느냐는 물음에 대답이다

좋으신 하나님을 알고 구원의 길을 들어선
그 간수는 집안이 다 하나님의 자녀가 되었으리라

(2016. 5. 6)

간절한 마음으로 말씀을 받고

"베뢰아에 있는 사람들은 데살로니가에 있는 사람들보다
더 너그러워서 간절한 마음으로 말씀을 받고
이것이 그러한가 하여 날마다 성경을 상고하므로"(행17:11)

우리도 베뢰아 교인들처럼
간절한 마음으로 말씀을 듣고
정직한 믿음의 지식을 얻기 위하여
성경을 상고詳考함이 절실하구나

늙은이나 젊은이나 여자나 남자나
말씀을 증거하는 설교자나 설교를 듣는 자나
경망스럽게 웃으며 소란을 피우며
할렐루야 아멘을 강요하거나 남발하는 태도

간절한 말씀 증거를 기다리는 마음으로
자세히 들으며 하나님의 말씀을 찾아
이것이 그러한가 저것이 이러한가
한 말씀도 놓칠세라 귀담아 듣는 모습 아름답다

(2016. 5. 11)

복음과 믿음

"내가 복음을 부끄러워하지 아니하노니 이 복음은 모든 믿는 자에게
구원을 주시는 하나님의 능력이 됨이라
먼저는 유대인에게요 그리고 헬라인에게로다
복음에는 하나님의 의가 나타나서 믿음으로 믿음에 이르게 하나니
기록된 바 오직 의인은 믿음으로 말미암아 살리라 함과 같으니라"
(롬1:16-17)

사도 바울은 하나님께서 예수님을 세상에 보내주셔 인간을 죄에서
구원하여 주신 좋은 소식을 황제나 총독이나 교회 그 누구에게도
부끄러워하지 아니함은 이 복음은 모든 믿는 자를 죄와 죽음에서
해방시켜 주시는 영원하신 하나님의 능력이 되기 때문이라
이 복음은 우선 유대인에게 받아들여지고
그 다음에 이방인에게 받아들여지도다
복음 안에는 의로우신 하나님께서 믿는 자를 의롭다 하시는
구원이 나타났으니 하나님의 은혜에 보답하는 길은 오직 믿음뿐이라
자신의 의지나 이성이나 감정이 아니라 오직 하나님을
전적으로 의지하고 따르는 믿음인 것이라 한다

우리도 복음을 부끄러워하지 말고 자랑하자
믿음으로만 의롭다 여김을 받나니
향기 나는 믿음을 향하여 두렵고 떨리는
마음으로 주님을 구세주로 믿고 따르자

(2016. 5. 18)

은혜가 왕 노릇하다

"율법이 들어온 것은 범죄를 더하게 함이라
그러나 죄가 더한 곳에 은혜가 더욱 넘쳤나니
이는 죄가 사망 안에서 왕 노릇한 것같이
은혜도 또한 의로 말미암아 왕 노릇하여
우리 주 예수 그리스도로 말미암아
영생에 이르게 하려 함이라" (롬5:20-21)

하나님께서 율법을 주신 것은 이를 통하여 지은 죄를
깨닫게 함이었는데 율법은 범죄를 막을 힘이 없고
오히려 죄를 짓도록 충동질을 하여 죄를 더욱 많이 짓게 하여
의롭고 선한 율법이 인간을 죽게까지 하였으나
범죄가 가득하여질수록 자신의 부족함과 어쩔 수 없이
지은 죄를 깨달아 하나님을 의지하면 잡아주시고 일으켜 주심을
체험하게 되는 은혜가 더욱 넘쳤나니
이는 죄가 왕이 되어 죽음의 두려움으로 백성들을 통치하는 것같이
은혜가 왕이 되어 의롭고 사랑스럽게 백성들을 보살펴 주심으로
우리 주 예수 그리스도께서 우리를 영생에 이르게 하려 하심이다

옛 주인 죄에 끌려가지 말고 새 주인 예수 그리스도를 따라나서
죄와 죽음의 공포 속에 두려워하며 살지 말고
은혜가 나의 마음을 다스려 내게 주시는 능력으로 활기차게 살자
내 지은 죄 깨닫게 하시는 주님 주시는 은혜로다

(2016. 5. 23)

너희 죽을 몸도 살리시리라

"예수를 죽은 자 가운데서 살리신 이의 영이
너희 안에 거하시면
그리스도 예수를 죽은 자 가운데서 살리신 이가
너희 안에 거하시는 그의 영으로 말미암아
너희 죽을 몸도 살리시리라" (롬8:11)

성령이 너희 안에 거하시면
하나님께서 성령으로 말미암아
너희 죽을 몸을 살리시리라

그리스도 예수 안에 있는 자는
예수님이 정죄함을 모두 받으셨으므로
그는 성령으로 감동받은 대로 살아가며
하나님을 기쁘시게 할 수 있다

이 모든 것이 성령님을 통한 기쁨이로다
이른 새벽 하나님 주시는 복된 말씀
하나님 아버지 감사합니다

(2016. 5. 26)

모든 것이 합력하여 선을 이루느니라

"우리가 알거니와 하나님을 사랑하는 자
곧 그의 뜻대로 부르심을 입은 자에게는
모든 것이 합력하여 선을 이루느니라" (롬8:28)

사람이 행하는 악한 일을 하나님의 자비로 선하게 하여 준다는
격언을 우리가 알거니와
하나님을 사랑하며 순종하는 자에게는
하나님께서 그에게 닥친 환란, 질병, 가난, 우환 등 모든 것을
하나님께로 가까이 가도록 하시는 데 사용하시니
하는 일이 모두 좋은 일이 되느니라

살아온 길 돌아보니 전쟁, 흉년, 병마, 가난, 부끄럽게 지은 죄,
나를 괴롭히는 사람들까지도
그리고 때로는 흘러가는 구름, 떠오르는 달, 피어나는 꽃,
참새, 까치 이 모든 것들을 하나님께서 다 사용하시어
이 죄인을 늦게나마 회개하고 가까이 다가오게 하여
하늘과 땅에서 가장 아름답고 좋은 옷을 입혀주셨도다
감사하여 찬양하니 기쁘고 즐겁도다

(2016. 5. 30)

맏형님 닮게 하소서

"하나님이 미리 아신 자들을 또한 그 아들의 형상을
본받게 하기 위하여 미리 정하셨으니 이는 그로 많은
형제 중에서 맏아들이 되게 하려 하심이니라
또한 미리 정하신 그들을 또한 부르시고 부르신 그들을 또한 의롭다
하시고 의롭다 하신 그들을 또한 영화롭게 하셨느니라" (롬8:29-30)

하나님께서 사람의 믿음과 복종을 보시고 미리 아신 자들을
예수님의 받으신 고난과 복종과 부활하심에 참여하게 하여
많은 동생들이 생겨 예수님이 맏형이 되게 하시려는 것이다

하나님께서는 미리 알고 계신 자가 있었고
예수님을 본받을 자로 미리 정하셨고
미리 정한 자들을 부르셨고 부르신 자들을 완전하다고 하셨고
그들은 역사가 끝나는 때에
하늘나라의 백성이 되어 그리스도의 부활에 이르러
하나님과 함께 영원히 영광을 누리게 하셨도다

하나님을 사랑하는 귀한 생활 속에서
하나님의 뜻에 순종하며 이웃을 사랑하고
성령님의 인도하심으로 맏형님이신 예수를 닮아가게 하옵소서

(2016. 5. 31)

쉽게 풀어 쓴 주기도문을 읽으며

예수님께서 제자들에게 일러주신 기도문
우리의 어려움을 해결하여 주시는
세상에서 가장 귀하고 아름답고 고마운 기도로다

하늘에 계신 우리 아버지여!
높으신 하나님, 우리 아버지로 다가오시니
현재의 고난은 이 영광에 비할 바 아니로다

이름이 거룩히 여김을 받으시오며!
거룩하신 아버지의 자녀답게 살아
이를 본 이웃까지 믿게 되는 은혜로다

나라가 임하시오며!
하루 종일 하나님의 나라를 생각하며
그 나라의 백성이 된 감사함으로 열심히 일하도다

뜻이 하늘에서 이루어진 것같이 땅에서도 이루어지이다!
하나님의 뜻이 하늘에서는 저항 없이 이루어졌는데
땅에서는 우리와 함께 이루시길 원하시니 산 제물 됨의 은혜로다

오늘 우리에게 일용할 양식을 주시옵소서!
살아가는 데 필요한 의식주에 염려가 생기면

아버지께 달라고 기도할 수 있어 감사하도다

우리 죄를 사하여 주시옵소서!
용서 못할 분노에 차 있을 때 그에게 먼저 고백하니
그 분노에서 벗어나 죄를 사하여 달라고 쉽게 나오도다

우리를 시험에 들게 하지 마시옵고 다만 악에서 구하시옵소서!
유혹과 시험, 때로는 마귀가 위협을 할 때
두려움과 어려움에서 벗어나게 되도다

나라와 권세와 영광이 아버지께 영원히 있사옵나이다!
하나님의 나라, 권세, 영광이 영원하실 것과
우리의 기도를 들어주실 것을 확신하니
주님의 능력으로 무장되어 기쁘고 즐겁도다

(2016. 6. 7)

*조종남(趙鍾男, 현재 90여 세) 목사님의 《쉽게 풀어 쓴 주기도문》을 읽으며

아무 육체도 자랑하지 못하게 하심

"형제들아 너희를 부르심을 보라 육체를 따라 지혜로운 자가 많지
아니하며 능한 자가 많지 아니하며 문벌 좋은 자가 많지 아니하도다
그러나 하나님께서 세상의 미련한 것들을 택하사 지혜 있는 자들을
부끄럽게 하려 하시고, 세상의 약한 것들을 택하사 강한 것들을
부끄럽게 하려 하시며, 하나님께서 세상의 천한 것들과
멸시 받는 것들과 없는 것들을 택하사 있는 것들을 폐하려 하시나니,
이는 아무 육체도 하나님 앞에서 자랑하지 못하게 하려 하심이라"
(고전1:26-29)

하나님께서 지혜, 문벌, 능력을 따라 부르시지 아니하시고
순 자연스러운 모습을 따라 부르셨으므로
교회 안에 지혜로운 자, 능한 자, 문벌 좋은 자들이 많지 아니하다고
고린도 교회 성도들을 사랑하는 바울은 자상하게 일러주고 있다

교회의 지도자는 세상의 지식과 인물과 능력도 있어야 하지만,
하나님의 은혜와 능력만 있으면 큰일을 할 수 있어 택하시었으니,
열심히 말씀을 듣고 더욱 배워서 맡은 일에 충성하라 하심이라

세상에서 학식이 많고 큰 권력을 가졌고 갑부라고 생각하는 자들은
하나님이 부르시는 자는 어떠한 자들인가를 보아
부끄러움을 깨달아 하나님께로 돌아오게 하려 하심이라

(2016. 6. 9)

부활의 첫 열매

"그러나 이제 그리스도께서
죽은 자 가운데서 다시 살아나사
잠자는 자들의 첫 열매가 되셨도다" (고전15:20)

하나님의 것이라 첫 이삭을 하나님께 드리듯이(레23:10)
그리스도께서 첫 열매로 부활하심도
모든 성도들의 부활을 보증하여 주신다

처음 익은 열매를 바치면 수확한 곡식 전부를 바치는 것이듯이
그리스도의 부활로 그의 백성도 다시 살아남을 얻는다

그리스도의 부활이 죽은 자들의 첫 열매가 되었다는 것은
장차 성도들이 부활할 것에 대한 보증이다

무슨 씨앗인지 모르고 밭에 심었더니
처음에 참외가 열렸다면 뒤이어 참외가 열리듯
예수님께서 부활의 첫 열매가 되셨으니
그 가지인 성도들은 이어서 부활한다는 말씀이로구나

(2016. 6. 11)

나는 모르거니와 하나님은 아시느니라

"그가 몸 안에 있었는지 몸 밖에 있었는지
나는 모르거니와 하나님은 아시느니라" (고후12:2-3)

사도 바울은 성령에 이끌리어 낙원에 갔으나
그리스도 안에 있는 어떤 사람의 이야기라며
나는 모르거니와 하나님은 아신다고 말한다

바울은 자신의 놀라운 영적 체험을 자랑하면
고린도 교인들이 이 영광을 하나님께 돌리지 않고
바울 자신에게 돌릴까 염려되어 그 정도로 하였으리라

우리도 하늘나라 가는 신령한 일에 대하여
다 알려고 하지 말고
사도 바울과 같이 모르는 일에 대하여는
하나님께서 아시는 것으로 만족하자

하나님이 아시는 것을 다 알고자 함은
하나님께 불손이요 거역이다
성령님의 인도로 이 정도 아는 것을 은혜로 알고
감사하며 기쁘고 즐겁게 살아야겠다

(2016. 6. 14)

내 은혜가 네게 족하다

"내 은혜가 네게 족하다
이는 내 능력이 약한 데서 온전하여짐이라" (고후12:9)

하나님께서 바울이 높아지려 하지 못하도록 질병을 주셨으나
바울은 이를 모르고 질병이 떠나기를 세 번 간구하였더니
하나님께서 바울에게 일러주신 말씀이다

하나님께서 주신 육체의 질병은 바울에게는 만족할 은혜이니
이것은 스스로의 능력이 약하여야 온전해진다는 말씀이로다

바울은 이 말씀을 깨닫고 크게 기뻐하여
여러 가지로 약한 것들을 자랑하며
하나님의 능력이 떠나지 않기를 바라며
내가 약한 그때에 강하여짐을 믿었다

나도 세상 살아가며 여러 가지 어려움을 당하여도
낮아지고 고생되는 것이 오히려 강하여짐을 알고
실망하거나 낙심하지 아니하고
나의 이 육신의 질병을 내게 주신 은혜로 여기고
기쁘고 즐겁게 살아가리라

(2016. 6. 17)

너희의 영광이니라

"그러므로 너희에게 구하노니
너희를 위한 나의 여러 환난에 대하여 낙심하지 말라
이는 너희의 영광이니라" (엡3:13)

사도 바울은 이방인의 사도가 된 것이 하나님의 은혜이며
구원의 경륜이 그리스도로 말미암아 성취되는 것이므로
옥에 갇힌 것을 부끄럽게 생각하여 낙심하지 말아달라고
에베소 교인들에게 당부하면서
이 복음은 말할 수 없이 위대한 것으로 알려질 것이니
큰 영광이 될 것이라고 한다

이 복음은 바울이 하나님의 계시로 깨달은 것이며
구약시대에는 충분히 알지 못하였던 것이므로
측량할 수 없는 그리스도의 은총을 전하는 것으로
영원부터 감추어진 것이라

이렇게 자상하게 알고 나니 영광이로다
질그릇 안에 들어있는 보배를 알고
기쁘고 즐거워 온갖 것이 부럽지 않도다

(2016. 6. 20)

이 비밀이 크도다

"이 비밀이 크도다
나는 그리스도와 교회에 대하여 말하노라" (엡5:32)

남편과 아내가 한 몸을 이루듯이
그리스도와 교회가 한 몸 이루는 심오한 진리
이에 대한 가르침 없이는 깨닫기 어려우니
큰 비밀이로다

참된 부부가 모든 허물 털어 놓으니
다른 곳에서 얻을 수 없는 위로와 힘
전에는 만족 없는 우리의 영혼
성령님 인도로 그리스도와 연합하니
모든 허물 털고 해결 받아 영생을 누리도다

참말로 알 수 없는 큰 비밀이로다
알고 나니 물러설 수 없어
둘러싸인 역겨운 것들이야 아랑곳없고
새 하늘과 새 땅만 소망하도다

(2016. 6. 23)

부모에게 순종하라

"자녀들아 주 안에서 너희 부모에게 순종하라
이것이 옳으니라
네 아버지와 어머니를 공경하라
이것은 약속이 있는 첫 계명이니
이로써 네가 잘 되고 땅에서 장수하리라" (엡6:1-3)

자녀들아 주님을 경외하는 마음으로 네 부모에게 순종하여라
이것이 자녀들이 할 마땅한 일이며
하나님과의 약속인 십계명에서도 중요한 것이니
마음과 정성을 다하여 섬기면
너희들이 방탕하지 아니하고 맡은 바를 성실히 수행하여
평안한 마음으로 걱정 없이 즐겁게 살리라

아비의 명령을 지키며 어미의 법을 떠나지 말라
지혜로운 아들은 부모를 기쁘고 즐겁게 한다(잠6:20, 10:1, 15:20)

"부모가 잘못함이 있으면 자식은 온화한 얼굴로 부드럽게 간하고
받아들이지 않으시면 더 공경하며 정성스럽게 하여 드려
기뻐하시면 다시 간하라"

(2016. 6. 29)

*소학小學 예기禮記 내칙편內則篇에 있음.

진리의 사랑을 받지 아니하여

"악한 자의 나타남은 사단의 활동을 따라
모든 능력과 표적과 거짓기적과
불의의 모든 속임으로 멸망하는 자들에게 있으리니
이는 그들이 진리의 사랑을 받지 아니하여
구원함을 받지 못함이라(살후2:9-10)

불법한 자들의 나타남은 사단의 활동을 따라
모든 거짓된 능력, 거짓된 표적, 거짓된 기적과
사람들로 하여금 불의를 좋아하게 하려고 꾸민 거짓으로
멸망에 들어갈 수밖에 없는 자들에게
사단의 손아귀에 들도록 하나님께서 허락하셨으니
이것은 그들이 복음으로 구원하시려는 하나님의 사랑을
받지 아니하여 구원을 받지 못하는 것이라

은혜로다 내게 넘치는 은혜로다
진리의 사랑을 알게 하여 주신
성령님의 은혜의 손길이로다
사랑의 하나님께 감사의 찬양을 드리나이다

(2016. 7. 1)

산 소망

"우리 주 예수 그리스도의 아버지 하나님을 찬송하리로다
그의 많으신 긍휼대로 예수 그리스도를 죽은 자 가운데서
부활하게 하심으로 말미암아 우리를 거듭나게 하사
산 소망이 있게 하시며 썩지 않고 더럽지 않고 쇠하지 아니하는
유업을 잇게 하시나니
곧 너희를 위하여 하늘에 간직하신 것이라" (벧전1:3-4)

사도 베드로는
당시 소아시아 전역에 흩어진 그리스도인들이
이교도異教徒들로부터 심한 박해를 받고 있어
그들로 하여금 구원의 확신을 갖도록 하기 위하여
그들이 삼위일체 하나님에 의해
택하심을 받은 자들임을 밝히고 있다

우리 주 예수 그리스도께서
나의 죄를 대속하셔 구원하여 주심을 믿사오니
하늘에 간직하신 산 소망을 바라보며 살도록
성령님께서 순간순간 인도하여 주시옵소서

(2016. 7. 5)

왜 잘 믿어야 하는가

"하나님의 집에서 심판을 시작할 때가 되었나니"(벧전4:17 중)

사람들이 하나님을 잘 믿고 있는지의 판단은
그리스도의 고난에 참여하는 것을 즐거워하는
그리스도인에 대한 박해로부터 시작하신다

"일어나서 하나님의 성전과 제단과 그 안에서
경배하는 자들을 측량하되"(계11:1)
하나님은 그리스도 안에 있는 자를 보호하시지만,
이들을 보호하기 전에 우선 일차 심사부터 하신다

하나님의 관심 있는 판단에 합당한 자들에게
최후의 심판이 있으니
영원한 영광의 확인을 받기 위해 잘 믿어야 한다

알곡은 모아 곳간에 들이고 쭉정이는 불에 태우신다(마3:12)
한 사람은 데려가고, 한 사람은 버려둠을 당한다(마24:40)
오랜 신앙생활을 하는 둥 마는 둥 하는 자, 젊음을 자랑하는 자,
믿음을 아직 모르는 처녀와 어린아이를 다 죽이신다(겔9:6)

(2016. 7. 12)

하루가 천 년 같고 천 년이 하루 같다

"사랑하는 자들아 주께는 하루가 천 년 같고
천 년이 하루 같다는 이 한 가지를 잊지 말라" (벧후3:8)

'주의 목전에는 천 년이 지나간 어제 같으며
밤의 한 순간 같을 뿐임이니이다' (시90:4)
주님의 시간관념과 우리의 시간관념이
서로 다르다는 뜻이로다

우리는 더디다 생각 말고 겸손히 섬기며
서두르거나 쉬지 말고 강물처럼 살 일이로다

'주께서는 너희를 대하여 오래 참으사
아무도 멸망하지 아니하고 다 회개하기에
이르기를 원하시느니라' (벧후3:9)

우리도 주님의 시간관념을 본받아
세월의 빠름을 느끼고 부지런히 주님을 섬기고
재림이 더디다 생각 말고 문밖에 오신 듯
소망을 간직하고 조심스럽게 살 일이로다

(2016. 7. 18)

억지로 풀다가 스스로 멸망

"또 그 모든 편지에도 이런 일에 관하여 말하였으되
그 중에 알기 어려운 것이 더러 있으니
무식한 자들과 굳세지 못한 자들이
다른 성경과 같이 그것도 억지로 풀다가
스스로 멸망에 이르느니라" (벧후3:16)

성령의 감동으로 기록된 하나님의 말씀을 거짓 선생들처럼
성령의 조명과 성경 전체에 대한 진지한 연구 없이
함부로 풀이하지 말라는 말씀이로다

"예언은 언제든지 사람의 뜻으로 낸 것이 아니요
오직 성령의 감동하심을 받은 사람들이
하나님께 받아 말한 것임이라" (벧후1:21)

"모든 성경은 하나님의 감동으로 된 것으로
교훈과 책망과 바르게 함과 의로 교육하기에 유익하니" (딤후3:16)

겸손하게 다른 사람들의 풀이를 자세히 살펴
느낀 것만을 조심스럽게 적으리라

(2016. 7. 21)

내가 참으로 사랑하는 자

"장로인 나는 택하심을 받은 부녀와 그의 자녀들에게 편지하노니 내가 참으로 사랑하는 자요 나뿐 아니라 진리를 아는 모든 자도 그리하는 것은 우리 안에 거하여 영원히 우리와 함께할 진리로 말미암음이로다" (요이1:1-2)

사도 요한이 에베소 교회와 그 교인들에게 편지하도다
너희들을 내가 참으로 사랑하노라
나뿐만 아니라 복음을 믿고 따르는 자들도
너희를 사랑하고 있으니
이렇게 진심으로 너희를 사랑하는 것은
하나님께서는 택하신 자를 버리지 않으시는 분이시며
성령님도 영적 인연을 저버리지 아니하시고
영원히 함께하신다는 말씀이 진리이기 때문이로다

예수님의 사랑을 함박 받은 사도 요한의 말씀은
오늘 내게 주시는 주님의 말씀 분명하도다
사랑이 그리워 삭막한 세상을 간신히 말씀에 취해
기쁘고 즐겁게 여생을 살아가는 힘을 주시는 말씀
참으로 사랑하여 주시길 소망하나이다

(2016. 7. 25)

그러나 너를 책망할 것이 있나니

"그러나 너를 책망할 것이 있나니
너의 처음 사랑을 버렸느니라" (계2:4)

사도 요한이 밧모섬에서 주의 날에 성령에 감동되어
그리스도께서 큰 음성으로 이르신 말씀이다

에베소 교회의 행위와 수고와 인내를 알고
악한 자를 용납하지 아니한 것과
자칭 사도라 하되 아닌 자를 시험하여
그의 거짓된 것을 네가 드러낸 것과
내 이름을 위하여 견디고 게으르지 아니한 것을
칭찬부터 하신 후
에베소 교회 신자들이 처음 예수님을 믿을 때
하나님과 사람을 사랑하던 것이 식어졌다고 꾸지람하신다

그리스도께서는 우리를 불쌍히 여기시는 인자하신 분이고
잘한 것을 칭찬하고 나서, 잘못한 것이 있으면 하지 말라 하시니
이는 우리를 사랑하기 위하여 반드시 책망하시는 것이로다

아 내가 평생을 두고 고치지 못하는 약점에 대하여
자상하게 일러주시고 있도다

(2016. 7. 27)

큰 용이 내쫓기니

"큰 용이 내쫓기니
옛 뱀 곧 마귀라고도 하고 사단이라고도 하며 온 천하를 꾀는 자라
그가 땅으로 내쫓기니 그의 사자들도 그와 함께 내쫓기니라" (계12:9)

선한 천사들의 지도자이며 하나님의 백성을 보호하는 미가엘 천사가
악한 천사의 수령이며 하나님의 백성을 대적하는 용과 싸워
미가엘과 그 군사가 승리하자 사단을 땅으로 좇아낸다

그 용은 수천 년 묵은 노련한 전술과 간교로
사람의 약점을 앎으로 자주 넘어뜨린다
예수님의 제자 베드로와 가룟 유다가 넘어졌다

우리는 하나님의 말씀을 믿어야 넘어지지 않는다
그 말씀은 구원을 주시는 능력이요(롬1:16, 고전1:18),
살려주시는 영이요(요6:53), 어두운 데를 비치는 등불이요(벧후1:19),
마음 밭에 심은 생명의 씨요(마13:3),
살아있어 좌우에 날선 칼보다 예리하고(히4:12, 벧전1:25)
믿는 자의 마음 속에 역사하시는 분이시다(살전2:13)
믿게 하여 주신 것 놀라운 은혜로다

(2016. 7. 30)

아가야 미안하다

아득하고 편안한 남양성모성지
오늘은 오른편으로 오르니
기억보다 넓고 높아 보인다

둥근 묵주 알 위에 날카로운 가시관 더듬어 보며
윷가락만한 쇠못이 박힌
손등, 옆구리, 포개진 두 발을 어루만지는 순간
주님의 고통이 내 몸에 전류로 전해진다

내려오는 길에 한 제단 앞에 다가가니
"아가야! 미안하다" (낙태아의 묘)
앞에는 살아있는 꽃 단지와 아이들의 장난감이 있다

잊었던 젊은 날의 기억에 눈시울 뜨거워
아가야 미안하다 머지않아 두 손 잡고 사죄하리니
저 높고 푸른 하늘에 저녁 별로 반짝여다오

(2016. 8. 5)

남양성모성지 거닐며

지팡이 짚고 오르내리기 편하고 무성한 나무 그늘
복된 말씀 되새김질하며 서두르지 아니하고
조용히 걸으니 기쁘고 즐거운 길이로다

“너는 나 이외에 다른 신들을 네게 두지 말라”
“하늘에 계신 우리 아버지여 이름이 거룩히 여김을 받으시오며
나라가 임하시오며 뜻이 하늘에서 이루어진 것같이 땅에서도 이루어지이다”
“아버지 저들을 사하여 주옵소서 자기들이 하는 것을 알지 못함이니이다”
“오늘 네가 나와 함께 낙원에 있으리라”
“여자여 보소서 아들이니이다”
“보라 네 어머니라”
“나의 하나님 나의 하나님 어찌하여 나를 버리셨나이까”
“내가 목마르다”
“다 이루었다”
“아버지여 내 영혼을 아버지 손에 부탁하나이다”

작은 소리로 말씀을 음미하며 걸으니
시냇가에 앉아 명사明沙 깨끗한 물에 잔 씻어 부어 들던
옛 시인의 미음완보微吟緩步가 부럽지 않구나

(2016. 8. 8)

*십계명, 주기도문, 눅23:34,43, 요19:26, 27, 마27:46, 요19:28, 30, 눅23:463
*미음완보는 세종 때 정극인丁克仁의 ‘상춘곡賞春曲’ 에서 인용

탄도 해넘이

해넘이를 바라보며

서해바다 탄도炭島에서 낙조落照를 만나
몸과 마음 가다듬고 일몰日沒의 순간 지켜보니
하루를 마무리하는 매무새 아름답구나

"저녁이 되고 아침이 되니" (창1:5)
"해지는 저편 새 하늘에는 우리 주 예수 계시오니
고난은 가고 찬란한 새벽 영광의 날이 밝으리라" (찬송가 238장)

의롭고 경건한 시므온과 하나님을 섬기던 안나
메시아를 알아보고 증거하는 증인들이라(눅2:25-26 중)
이들은 인생 황혼에 아름다운 매무새로다

하나님 주신 삼천리금수강산 대대로 이어받은 지혜
하나님의 말씀 바르게 깨닫는 초석으로 삼지 못한 아쉬움
형제들이여 밝아오는 아침에는 깨닫기를 간구하노라

(2016. 8. 9)

할아버지가 형한테 욕했어

외손자 지혁이가 오면 내게 친한 친구가 되어준다
어린이 시간이라 저희들이 좋아하는 방송을 보다가

"할아버지, 우리나라와 중국의 장관들 회의에
중국에선 왜 왕이 나와요?"
"네 이름이 윤지혁이지, 중국 대표로 나온 '왕이' 라는 사람은
성이 '왕' 이고 이름이 '이' 라는 사람이야,

어린이 방송만 보고 있는 줄 알았는데 자막뉴스도 보고,
우리나라 대통령도 알고, 미국 대통령 후보인
힐러리까지 알고 있어 신통하여,
"자식, 참" 하는 것을 들은
둘째 윤지욱이가 엄마에게 일러바친다

칠십 할아버지가 세 살 손자에게 배운단 말 맞는구나
변명의 여지가 없구나
나는 분명 욕을 했으나 즐겁기 그지없구나

(2016. 8. 10)

*윤지혁(尹志奕, 2011. 12. 18) 윤지욱(尹志勖, 2013. 7. 18)

믿음이란 무엇인가

"믿음은 바라는 것들의 실상이요
보이지 않는 것들의 증거니" (히11:1)

믿음은 바라는 것들을 굳게 믿는 것이요
보이지 아니하는 것이라도 그러리라 믿고
믿은 일을 겸손하게 행하는 것이다

믿음의 조상 아브라함은 고향과 친척과 아버지의 집을
복이 될 것이라는 하나님의 약속을 믿고 떠났다
아브라함은 믿음으로 살았고 살기 위하여 믿었다

요셉은 형들의 미움을 받아 애굽으로 팔려가
바로의 꿈을 해몽하여 주어 총리가 되고
형들이 양식을 사러 애굽에 왔다가 요셉을 만나는 등
이해할 수 없는 일들의 이어짐 속에 하나님을 믿었다

알고 믿겠다는 나의 믿음
믿을 수 없다는 것 분명하였구나
알려고 든다 해도 살날이 모자랄 것을 몰랐던 어리석음

(2016. 8. 11)

*신촌성결교회 박노훈 목사의 "믿음은 믿는 것" 라는 설교를 듣고

덥기는 덥구나

날마다 폭염예보를 내리니 덥기는 덥구나
정오가 되면 땀이 흘러 책이 젖으니
양 팔목에 수건을 받혀 땀을 받고 있다

어린 시절 논밭 흙에 다져진 몸
공직생활로 검소儉素함에 익숙한 삶
더우면 더운 대로, 추우면 추운 대로 지냈다

옛 시인은 속대발광 욕대규束帶發光 欲大叫
삼복더위에 정장을 갖추고 책을 읽자니
미칠 것 같아 소리라도 크게 지르고 싶다 하였다

공자님은 배우고 그것을 때때로 읽어 익히니
또한 기쁜 일이라 하셨다(學而時習之 不亦說乎)
오직 여호와의 율법을 즐거워하여
그의 율법을 주야로 묵상하는도다(시1:2)

조심스럽게 처음 읽는 마음으로 성경을 읽고
찬송가를 따라 부르며 방송설교도 듣곤 하니
주신 은혜 감사하여 기쁘고 즐거워 시원하구나

(2016. 8. 12)

성서에 따른 십자가의 길

예수, 제자들과 최후의 만찬(눅22:17-20)
이것은 너희를 위하여 주는 내 몸이라
이 잔은 내 피로 세우는 새 언약이라
주님의 몸과 피로 새 언약을 세우심을 감사하나이다

예수, 예루살렘 여인들을 위로하심(눅23:27-28)
주님을 위하여 가슴을 치며 슬피 우는 예루살렘 여인들에게
나를 위하여 울지 말고 너희 자녀들을 위하여 울라 하신 주님,
죽음의 순간에도 멸망할 것을 모르는 우리를 불쌍히 여기도다

예수, 십자가 위에서 돌아가심(요19:28, 30)
모든 일이 이루어짐을 아시고 성경에 응하게 하려 목마르다 하시니
신 포도주를 받으시고 다 이루었다 하시고 머리를 숙이니 영혼이 떠났다
주님의 죽음 너머 생명의 빛을 바라보며 온전한 믿음의 힘을 받자

예수, 부활하심(마28:1-8)
안식 후 첫날 이른 새벽 막달라 마리아와 다른 마리아가 무덤에 가니
주의 천사가 너희는 무서워하지 말라 예수는 여기 계시지 않고 부활하셨다
존엄한 십자가와 영광스러운 부활로 우리를 구원하셔 믿음 굳게 하셨도다

(2016. 8. 14)

*남양성모성지 안에 있는 성서에 따른 십자가의 길 14곳을 둘러보며

말씀이 희망이다

"여호와께서 호세아에게 이르시되
너는 가서 음란한 여자를 맞이하여 음란한 자식들을 낳으라
이 나라가 여호와를 떠나 크게 음란함이라 하시니" (호1:2 중)

북이스라엘이 여로보암 2세 때에
배교, 저주, 속임, 살인, 도둑질, 간음뿐이라
호세아는 여호와의 말씀을 전하고 있다

인간의 생각으로는 멸망할 수밖에 없어 보이나
끊임없이 말씀하고 계신 하나님의 말씀을 받아
회개하기만 하면 소생할 수 있다는 희망이 있었다

하나님은 사울은 말씀을 버렸고, 다윗은 말씀을 업신여겼다
하셨지만(삼상15:26, 삼하12:9)
사울은 말씀을 듣고 반성할 기회를 놓쳐 망하였고
다윗은 말씀을 듣고 철저하게 회개하여 존경을 받았다

인간이 만든 무서운 무기가 금수강산에 가득하여도
우리가 회개하여 순종한다면 말씀은 희망이 되리로다

(2016. 8. 15)

*분당우리교회 이찬수 목사의 설교를 듣고

삼위일체 하나님

"태초에 하나님이 천지를 창조하시니라" (창1:1)
서론도 설명도 없는 대 선언의 말씀이로다
성부 하나님은 논쟁의 대상이 아니요 경배 받으실 분
성자 하나님은 연구의 대상이 아니요 믿음 받으실 분
성령 하나님은 느낌의 대상이 아니고 순종 받으실 분
오직 경배하고 믿으면 나의 하나님이 되어 주시도다

"땅이 혼돈하고 공허하며 흑암이 깊음 위에 있고
하나님의 영은 수면 위에 운행하시니라" (창1:2)
하나님이 창조하신 천지를 성령님이 운행하시도다
성부 하나님은 창조와 구약 말씀으로 역사하시고
성자 하나님은 십자가에 죽으심으로 대속하시고
성령 하나님은 주님을 믿어 구원받게 운행하시도다

하나님 아버지 감사합니다
주님 내 안에 모시고
성령님의 인도 따라 첫 걸음 시작합니다

(2016. 8. 16)

*한소망교회 류영모 목사의 "성령님이 운행하십니다" 설교를 듣고

하나님의 나라와 그의 의義

"천국은 마치 품꾼을 얻어 포도원에 들여보내려고
이른 아침에 나간 집 주인과 같으니" (마20:1-16 중)

하나님의 나라는 장터에 남아있는 한 영혼에 관심을 가진 나라이고
하나님의 의는 포도원 주인과 같이 품삯을 의롭게 주시는 것이다

한 데나리온을 주기로 했고 자기 것을 준 것이기 때문에
주인은 정의正義를 무시한 것이 아니다

주인이 늦게 온 자에게도 한 데나리온을 준 것은
한 데나리온이 있어야 인간으로서 살아갈 수 있기 때문이다

정의와 사랑은 둘 다 포기할 수 없는 가치이다
정의 없는 사랑은 맹목적 감상일 수 있고
사랑 없는 정의는 의롭지 못할 수 있다

하나님의 말씀을 사모하고 눈물로 기도하며
성령 충만을 받는 길만이
하나님의 나라와 하나님의 의義를 깨닫는 길이다

(2016. 8. 17)

*총신대학교 교수 김진찬 목사의 "하나님의 나라와 그의 의란 무엇인가" 설교를 듣고

말씀을 알아들을 수 없을 때에는

전하여 주는 말씀을 알아들을 수 없을 때에는
찬송이나 실컷 불러라 일러주심 따라
음정 박자 맞추지 못해도 따라서 맘대로 불렀으며
바닷가, 들판으로 자동차 가는 대로 다녀보았다

파도소리, 새소리, 흰 구름, 고운 노을, 무르익은 오곡백과,
지나간 날 힘들었던 일, 기뻤던 일들이 이어지는 가운데
보이고 들리며 생각나는 모든 것들이
하나님의 말씀을 자상하게 일러주도다

"성서에 따른 십자가의 길"과 "성모님과 함께 걷는 십자가의 길"
말씀을 묵상하며 걷고, 사진을 찍으며 걷고, 판독이 어려우면
다시 와 찍어 주님의 고난을 옮겨, 읽고 묵상하며
생각나는 사람들과 나라를 위하여 기도하며 걷는다

기도의 제목은 늘어나 해는 더욱 짧아지건만
불평하는 세상에서도, 감사하는 마음에서도
하나님의 사랑하시는 말씀은 선명하게 들려오도다

(2016. 8. 22)

칼을 갈지 말자

"나는 너희에게 이르노니
형제에게 노하는 자마다 심판을 받게 되고"(마5:22)

예수님은 살인하지 말라는 계명에 대하여
형제에게 분노하는 자는 언젠가 살인하게 되니
형제에게 노하지 말라 말씀하신다

노함은 마음으로 칼을 갈고 있는 것과 같이
그 칼로 살인을 하게 되니
아예 칼을 갈지 말고, 갈고 있는 칼은 무디어 버리라

노하지 아니하는 방법은 요셉이 형들에게 함과 같다
형들이 나를 팔았다고 근심하지 마시오
하나님께서 생명을 구원하시려고 먼저 보내신 것이요

'죄송합니다' '미안합니다' '용서해 주세요' 뿐이니
혹시 저로 인하여 마음의 상처가 되었을까
염려되어 드리는 말씀이라는 대답이면 된다

(2016. 8. 25)

*서울중앙교회 임석순 목사의 방송설교를 듣고

맛을 모른다

단골 메밀막국수집에 가서 기다리는 동안
"孝道(효도)"라는 글자 아래 작은 글자 두 줄이 있어
다가가 보았다

"부모는 쓴 것만 먹어서 단맛을 모르고
자녀는 단 것만 먹어서 쓴맛을 모른다"

이제 부모에게 단맛을 알려드리는
효자孝子 효녀孝女가 되라는 말씀일까

소학교 1학년 때 해방이 되고, 6학년 때 6.25
전란과 흉년으로 몸과 마음에 새겨진 쓴맛

정성 들인 귀한 음식 흘릴까 조심하여 먹는데
내 것이 되었다는 듯 뒤적이며 다 먹지도 않네

기쁠 때는 슬플 때를 생각하여 웃음을 아끼고
슬플 때는 기쁠 때를 기대하고 눈물을 아끼라
옛 어르신들 들려주신 귀한 말씀 알고나 있을까

(2016. 9. 1)

비와 꽃

유치원 다니는 외손녀가
글과 그림 메시지를 보내
동화책을 읽고 썼으려니 하고 읽었다

"옜날 옜적
튜올림 꽃이란 게 있선는대
그 꽃은
아주 예쁜 꽃이여서요

그런대 어느 날
비가 와서 꽃이 저젓지만
꽃은 겟차나서요
그레서 꽃과 비는 친구가 되여서요"

잠시 후 둘째 딸이
아빠, 연희가 내리는 비를 보고 나서
글과 그림을 보여주기에 사진을 찍으려는데
볼펜을 옷에 꽂고 작가作家라며 옆에 섰어요 한다

(2016. 9. 6)

*외손녀는 임연희(林淵熙, 2010. 1. 4) 유치원생

입상자통보서

최우수상 임 연 희

위어린이는 사단법인 한국아동예능문화협회가 주최한
2016봄, 전국아동 미술 대회에 참가하여 위와 같이
우수한 성적으로 입상 하였으므로 이상장을 수여함.

2016년 4월06 일

사단법인 한국아동예능문화협회
2016봄, 전국아동미술대회

입상자통보서

최우수상 임 연 희

위 어린이는 사단법인 한국아동예능문화협회가 주최한
2016가을 Autumn전국아동미술대회에 참가하여 위와같이
우수한 성적으로 입상 하였으므로 이를 통보합니다.

2016년10월 7일

사단법인 한국아동예능문화협회
Korea Children Artistic Culture Association
2016가을 Autumn전국아동미술대회

제 6처 베로니카, 수건으로 예수님의 얼굴을 닦아드림

강렬한 태양빛, 무거운 십자가, 흐르는 땀, 피와 먼지
살갗 벗겨진 아들의 상처 더욱 쓰리고 아프게 한다
그때 한 여인이 군인들 사이를 뚫고 나와
아들의 얼굴을 수건으로 닦아준다

성녀 베로니카여! 당신이 보여주신 주님에 대한 사랑 감사드리며
성모님, 저는 수건이 아니라 회개의 눈물로
예수님의 얼굴을 닦게 도와주시옵소서

하나님 아버지!
우리 주 예수 그리스도께서 십자가 지고 가시는 고난의 길을
예수님의 어머니의 마음으로 열다섯 곳을 둘러보며 기도합니다

열두 해를 혈루증을 앓아오다가 예수님의 옷에 손을 대어도
나을 줄 생각하고 손을 대어 병에서 구원받은 베로니카 성녀님!
피범벅이 된 주님의 얼굴을 용감하게 다가가 닦아드린
놀라운 사랑 아름답고 부럽도다

(2016. 9. 8)

*남양성모성지에 있는 "성모님과 함께 걷는 십자가의 길" 걸으며

제 15처 예수님께서 죽은 이들 가운데서 부활하심

우리를 위한 아들의 희생에 나는 누구보다 감사해야 했음에도
사랑하는 아들 없이 살아가야 할 것을 생각하며 빠진 큰 공허감
믿을 수 없게 사흘 만에 그 공허감 채워졌으니
우리 구세주가 무덤 문을 열고 다시 살아나셨다!
이것이 아들과 내가 이루어야 할 바로 그 일이었다

예수님!
당신의 부활은 우리 모두의 기쁨이며 희망입니다
부활하신 주님, 지금 이 순간 마음이 외롭고 좌절에 빠진 사람,
불치의 병으로 희망과 사랑을 잃어버릴 위험에 처한 이들,
경제적인 어려움으로 인해
사랑과 평화, 기쁨을 잃어버린 가정을 구하소서

이 길은 십자가의 죽음에서 끝나는 것이 아니라
부활이라는 희망으로 다시 시작되었습니다

사랑의 하나님 아버지시여!
제게 주신 십자가를 감사하며 부활의 믿음 굳게 하소서

(2016. 9. 10)

*남양성모성지 안에 있는 "성모님과 함께 걷는 십자가의 길" 걸으며

빼어 내버리라

"나는 너희에게 이르노니 음욕을 품고 여자를 보는 자마다
마음에 이미 간음하였느니라
만일 네 오른눈이 너로 실족하게 하거든 빼어 내버리라" (마5:28-29)

마음에 품은 일은 언젠가는 튀어나오고
아니면 꿈에라도 이루어지니
마음에 이미 간음하였다 하심은 맞는 말씀인데

오른눈이 너로 실족하게 하거든
빼어 내버리라 하심에 온몸이 떨린다

우리의 눈에는 마음의 눈과 말씀의 눈이 있으니
음욕을 마음에 품고 여자를 보는 그 마음의 눈을 빼어 내버리라

사람의 마음으로 생각하는 것이 항상 악하므로(창6:5)
그 악한 마음의 눈으로 보려 하지 말고
말씀의 눈으로 보라는 뜻이로다

(2016. 9. 13)

*서울중앙교회 임석순 목사의 방송설교를 듣고

오른편 뺨을 치거든 왼편도 돌려대라

"또 눈은 눈으로 이는 이로 갚으라 하였다는 것을 너희가 들었으나
나는 너희에게 이르노니 악한 자를 대적하지 말라
누구든지 네 오른편 뺨을 치거든 왼편도 돌려대며" (마5:38-39)

하나님께서 모세에게 생명은 생명으로, 눈은 눈으로, 이는 이로…
갚으라고 말씀하셨다(출21:23-25, 레24:19-21, 신19:21),
모세의 때에는 백성들이 여호와의 율법을 순종하여
받은 피해는 똑 같은 피해로 갚으라 하여 예방되었으나,
예수님 오신 때에는 사람들이 사악하여 율법으로는
해결할 수 없어 율법의 뜻을 완전하게 하시려고 하신 말씀이다

악한 자를 대적하지 말라 하심은
악한 자를 상대하지 아니하는 마음의 태도를 취하라는 말씀이요
세상 악에 대하여 무관심하거나, 피해 버리라는 말씀은 아니리라

보복을 한다면 점점 더 큰 피해가 쌍방에 있어
차라리 왼편마저 맞아 더 이상 피해를 막아야
언젠가는 하늘의 영광을 볼 수 있다는 깊은 뜻이라

(2016. 9. 19)

*한국중앙교회 임석순 목사의 "주일아침강단" 설교를 듣고

원수를 사랑하라

"나는 너희에게 이르노니 너희 원수를 사랑하며
너희를 박해하는 자를 위하여 기도하라" (마5:44)

도움이 되지 않고 도리어 해를 주는 원수를 사랑하며
박해하는 그 원수를 위하여 기도하라 하신다
그 원수는 나의 마음 안에, 내 가정 안에, 내 교회 안에도 있다
그 원수는 사단의 지배를 받아 사람과 사람 사이를
원수지게 하여 죽어도 끝나지 아니하고 대를 물린다

원수를 미워한다고 완전히 해결되지 아니하므로
예수님은 원수를 사랑하고 기도하라 일러주신다

하나님은 독생자를 십자가에 죽게까지 우리를 사랑하시니
이 원수도 아버지께 다가가는 길에 도움이 되도록 주셨을 터
불쌍히 여겨 달라고 기도하면 원수를 사랑하게 되리라

"주께서 내 원수의 목전에서 내게 상을 차려주시고
내 평생에 선하심과 인자하심이 반드시 나를 따르리니
내가 여호와의 집에 영원히 살게 되리라" (시23:5-6 중)

(2016. 9. 22)

*서울중앙교회 임석순 목사 방송설교를 듣고

쓰임 받는 은혜

"그들은 조각목으로 궤를 짜되 길이는 두 규빗 반,
너비는 한 규빗 반, 높이는 한 규빗 반 되게 하고
너는 순금으로 그것을 싸되 그 안팎을 싸고
위쪽 가장자리로 돌아가며 금테를 두르고" (출25:10-11)

여호와께서 시내산에서 모세에게
내가 이스라엘 자손들 가운데에 거할 성소를 나를 위하여
지으라 하시며 증거 궤를 만들 재료와 모양을 일러주시는데
조각목(아카시아 목재)으로 짜서 순금으로 싸라신다

증거궤는 성막 안 서쪽에 자리한 지성소에 두고
증거판, 만나의 항아리, 아론의 지팡이를 넣을 귀한 궤인데
광야에서 간신히 자랐고 가시투성이라 쓸모없어 보이는
아카시아 나무로 만들어 순금으로 안팎을 싸고 금테를 두르라 하신다

세상에서는 문벌, 학벌, 재벌, 믿음 보잘것없어 보여도
하나님의 은혜로 부르시어 귀한 일 맡기시고 순금을 싸시니
썩은 치아의 얼마를 짤라 내고 금으로 싸서 썩음을 막듯이
완고한 마음을 그리스도로 옷 입혀 온전히 주님과 하나 되게 하시도다

(2016. 9. 28)

* 정동제일교회 송기성 목사의 "조각목 법궤 같은 성도가 되라"는 설교를 듣고

여김의 기도

"이름이 거룩히 여김을 받으시오며" (마6:9)
주기도문은 예수님 당시 바리새인들이나 서기관들이
사람에게 보이려고 하는 기도나 또는 중언부언重言復言하는
기도를 보시고 제자들에게 일러주신 기도문이다
하나님을 향하여 하늘에 계신 우리 아버지여로 시작하여
여섯 가지의 간구를 청원하며 결단을 하고 하나님의 나라와
권세와 영광이 영원하기를 찬양하는 송영誦詠으로 마친다

아버지의 이름이란 하나님의 성품, 인격, 사역 등 모두를 의미하니
예수님께서 아버지의 이름을 나타내었다(요 17:6) 하심은
아버지가 어떠한 하나님이신가를 분명하게 나타내심을 뜻한다

아버지의 이름이 거룩히 여김을 받으시려면
하나님의 자녀인 우리가 자녀답게 거룩한 생활을 하는 것이다
아버지께서는 내가 거룩하니 너희도 거룩하라(레11:45) 하셨다
세상에서도 자녀가 잘못하면 부모의 얼굴에 먹칠을 한다

우리는 믿음, 생각, 언행에 각별히 주의하여 하나님 아버지의
원래부터 거룩하신 이름을 더럽히지 않도록 기도해야 한다

(2016. 10. 2)

*수원 제일감리교회 박성영 담임목사의 "주기도 ① 여김의 기도"를 듣고

노래하는 순례자들

"이 사람들은 다 믿음을 따라 죽었으며 약속을 받지 못하였으되
그것들을 멀리서 보고 환영하며 또 땅에서는 외국인과 나그네임을
증언하였으니 그들이 이같이 말한 것은
자기들이 본향 찾는 자임을 나타냄이라" (히11:13-14)

아브라함, 이삭, 야곱, 사라 등은 믿어오던 신앙에 순응하며
살다가 죽어 하나님께서 약속하신 메시아의 나라의 그림자였던
가나안 복지를 멀리 보고 영광의 내세를 바라보는
기쁜 마음으로 멀리서 흥미 있게 환영하였으며

또 땅에서는 믿음을 따라 외국인이나 나그네가 되어 가야 할
본향이 떠나온 갈대아 우르가 아님을 고백하면서
영혼의 아버지이신 하나님 계신 하늘나라를 찾아가는
나그네임을 나타낸 것이라

하나님의 진노하심이 코앞에 닥치고 마음은 악에 차있는
황량한 땅 지나가는 나그네
믿음의 선진들 바라만 보았던 하나님의 나라 마음 안에 이루어지고
돌아갈 하늘나라 소망하며 맡겨주신 거룩한 길 찬양하며 걷노라

(2016. 10. 8)

*제 25회 경기연회 대찬양제에서 홍성국 감독의 "노래하는 순례자들" 설교를 듣고

이룸의 기도

"나라가 임하시오며 뜻이 하늘에서 이루어진 것같이
땅에서도 이루어지이다" (마6:10)

하나님은 우리를 사랑하사 독생자 예수님을 보내시어
하나님의 나라를 이루어 놓으셨으니
하나님의 뜻이 하늘에서와 같이 잘 이루어지기를 원하오며
그 일에 참여할 기회를 주시어 충성을 다하게 하여 주시옵소서

하나님의 나라가 우리에게 다가오려면 그 나라 법인
말씀을 순종하여 우리 마음 안에 그 나라가 이루어지길 원하나이다

하나님의 뜻은 우리가 이렇게 살기를 원하시는 바이니
아들을 보고 구세주로 믿어 영생하기를 원하시며(요6:40, 3:16)
세상 사람과는 달리 거룩하게 살기를 원하심이다(살전4:3)

우리가 살아있으면서도 예수님을 구세주로 믿으면
하나님의 나라 백성이 되어 말씀 따라 성스럽게 변화되어
하늘나라 소망으로 기쁘고 즐겁게 살아갈 수 있게 사랑하심
감사와 찬양을 숨질 때까지 부르리라 어서 오소서, 마라나타!

(2016. 10. 9)

*수원 제일감리교회 박성영 담임목사의 "주기도 ② 이룸의 기도" 설교를 듣고

하나님의 의란 무엇일까

하나님의 의義란
하나님이 하시고자 하는 마음에 들어맞는 완전하고 온전하심 아닐까

예수님은 율법을 완전하게 하는 것이 하나님의 뜻이라며
율법에 살인하지 말라 하였으나,
더 나아가 형제에게 노하지 말라는 등의 말씀을 하시며
이렇게 한즉 하나님의 아들이 되리니
하나님은 태양빛을 악인이나 선인에게 비추시며
비를 의로운 자와 불의한 자에게 내려주심과 같으니라(마5:17, 21-48)
이것이 하나님의 의義라 하신 듯

옛적에 정하신 뜻대로 성실함과 진실함으로 행하신다(사25:1, 히6:17)
그의 경영은 기묘하며 지혜는 광대하시다(사28:29)
책략이 크시며 하시는 일에 능하시며 인류의 모든 길을 주목하시며
그의 길과 그의 행위의 열매대로 보응하신다(렘32:19)
예수님의 피를 화목제물로 세워 우리 죄를 간과하신다(롬3:25)
긍휼과 은혜와 인자하심이 풍부하시고 노하기를 더디 하신다(시103:8)
우리의 죄를 따라 처벌하지 아니하시며
그대로 갚지도 아니하신다(시103:10)

(2016. 10. 12)

하나님의 뜻이란 무엇일까

하나님의 뜻이란 하나님께서 마음 속으로 하시고자 하는 일로
우주만물 중에 우리를 사랑하고 계심을 깨닫기를 바라심이리라

예수님에게 주신 자 중에 하나도 잊어버리지 아니하고
마지막 날에 다시 살리시는 일(요6:38-39)
너의 거룩함이니 음란을 버리고 거룩하고 존귀하길 바라심(살전4:3-6)
항상 기뻐하고 쉬지 말고 기도하며 범사에 감사하길 바라심(살전5:16-18)
모든 사람이 구원 받고 진리를 아는 데에 이르기를 원하심(딤전2:4)
우리의 죄를 오래 참으사 아무도 멸망하지 아니하고
다 회개에 이르기를 원하심(벧후3:9)
긍휼이 많으시고 은혜로우시며 노하기를 더디 하시며
인자가 풍부하심(시103:8)
우리의 죄에 따라 처벌하지 아니하시고
그대로 갚지도 아니하심(시103:10)
그리스도께서 이미 육체의 고난을 받으셨으니 정욕을 따르지 말고
하나님의 뜻을 따라 육체의 남은 때를 살기를 원하심(벧전4:1-2)

우리는 하나님의 뜻을 알아 새롭게 변화되자(롬12:2)
이 세상도 그 정욕도 지나가되
오직 하나님의 뜻을 행하는 자는 영원히 거한다 하셨다(요일2:17)

(2016. 10. 14)

*제 18시집 P.107에 이미 상재하였음

구함의 기도

"오늘 우리에게 일용할 양식을 주시옵고" (마6:11)

일용할 양식이란 육의 양식을 가리킴이 분명하고
예수님도 떡이 필요함을 아시고 계시므로(마14:16)
오늘 필요한 먹을 것을 구하라 일러주신 것이리라

육의 양식이 채워지고 나면 욕심이 생겨
남은 것을 나누어 주라는 뜻도 들어있으리라
광야에서 만나를 쌓아두려고 하니 썩었다
이웃에게 나누어주어 한 영혼을 구원한다면
육신의 양식이 영의 양식이 되는 일도 생길 것이다

"헛된 것과 거짓말을 내게서 멀리 하옵시며
나를 가난하게도 마옵시고 부하게도 마옵시고
오직 필요한 양식으로 나를 먹이시옵소서
혹 내가 배불러서 하나님을 모른다고 여호와가 누구냐 할까 하오며
혹 내가 가난하여 도둑질하고 내 하나님의 이름을 욕되게 할까
두려워 함이니이다" (잠30:8-9)

(2016. 10. 16)

*수원 제일감리교회 박성영 담임목사의 "주기도 ③ 구함의 기도"를 듣고

사함의 기도

"우리가 우리에게 죄 지은 자를 사하여 준 것같이
우리 죄를 사하여 주시옵고" (마6:12)

예수님은 이 말씀을 하시기 전에
"네 이웃을 사랑하고 네 원수를 미워하라 하였다는 것을
너희가 들었으나 나는 너희에게 이르노니 너희 원수를 사랑하며
너희를 박해하는 자를 위하여 기도하라" (마 5:43-44) 하셨다
유대인들은 자기들을 대적하는 자들을 하나님이 처벌하실 것이라 믿어
자기들의 원수를 미워하였고 혼혈한 사마리아 사람을 미워하는 것을
당연하게 여겨 예수님은 이렇게 기도하라고 일러주신 것이다

우리는 우리에게 잘못한 사람을 용서하거나 빚을 탕감하여 주기는
어려울 것을 예수님은 알고 계셔 기도를 일러주시며 바로 이어서
"너희가 사람의 잘못을 용서하면 너희 아버지께서도
너희 잘못을 용서하려니와" (마 6:14) 하셨다
또 예수님은 하나님께서 우리가 말씀을 벗어난 길에서 돌아올
기대와 소망을 가지고 포기하지 아니하시는 줄을 알고 계셔
이렇게 일러주신 것이니 우리는 이렇게 알고 우리에게 잘못을
한 사람을 용서하고 우리의 죄를 용서하여 달라고 기도하자

(2016. 10. 23)

*수원 제일감리교회 박성영 담임목사의 "주기도 ④ 사함의 기도"를 듣고

이렇게 좋은 일이 또 어디 있을까

"나는 포도나무요 너희는 가지라.
그가 내 안에, 내가 그 안에 거하면 사람이 열매를 많이 맺나니
나를 떠나서는 너희가 아무 것도 할 수 없음이라" (요15:5)

주님은 포도나무 우리는 그 포도나무 가지
우리가 주님 안에 주님이 우리 안에 있으면
우리가 열매를 많이 맺으나
우리가 주님을 떠나서는 아무 것도 할 수 없도다

주님은 지혜와 지식의 모든 보화를 가지고 계시며
주님을 믿으면 주님과 함께 다시 살리심을 받게 되어
말에나 행함을 모두 주님의 이름을 위하여 하게 변화되니
우리 모두 하나님 아버지께 감사하자(골2:3, 3:1, 17)
주님의 능력으로 강건해져 마귀의 간계를 능히 대적하기 위하여
온몸을 완전하게 무장하게 된다(엡6:10-11)
우리가 곤고와 쇠사슬의 고통을 받음은 말씀을 거역하고
멸시하였기 때문이로다(시107:10-11)
주님은 영생수요(요4:14), 선한 목자시니(요10:11)
우리와 가정과 나라가 영원히 화평하리로다
이렇게 좋은 일이 또 어디 있을까

(2016. 10. 28)

*명성교회 김삼환 목사의 설교를 듣고

사십 이년 만에 제적봉

한 달 전부터 교회에서 강화도를 간다기에 따라나섰다
여느 때처럼 이정표도 모르고 차창 밖을 바라보니
반가운 바다, 올라갔던 산, 하늘에 가득한 추억 나 홀로 기쁘구나

목적지에 와보니 1974. 4. 7 법원산악회에서 석모도 낙가산 등산을 가며
어느 해병대 부대에 산악회장님이 위로하려 찾아 들어가니
부대장이 제적봉制赤峰에 올라 상황설명과 연백에 홀어머니만 두고
남하하여 입대한 병사가 망원경으로 자기 집을 바라보더니
텃밭을 매고 계신 어머니를 보고 외쳐 부르다가 혼절하였다는 말,
가슴 아프게 듣고, 망원경으로 보니 세 농부가 가래질을 하는데 입김이
아침 햇살에 완연하게 보였다 오늘 다시 와서 보니 송악산이 완연하도다

2001. 8. 17 마니산(△469) 수정사로 올라 참성단으로 하산
2006. 4. 23 고려산(△436) 적석사로 올라 고인돌 군락지를 거쳐
청련사로 하산
2007. 3. 31 해명산(△250) 석모도 진득이 고개로 올라 정상을 거쳐
보문사로 하산
2008. 9. 27 정족산(△120) 전등사에서 성 옆길로 정상을 거쳐
전등사로 하산
2009. 9. 12 봉천산(△291) 학교 옆길로 올라 정상에 제단을 지나
빈 절터로 하산

이 아름다운 세상을 여린 가슴에 품고 마냥 취하여 달리던 야생마
지팡이 짚게 되자 말씀에 취하여 하늘을 날으는 하루살이가 되었네

(2016. 11. 1)

하나님의 약속잡고 기도하자

다윗은 하나님께서 나단 선지자를 통하여 말씀하여 주신 약속잡고
여러 나라에 조롱거리가 된 다윗 왕조를 회복시켜 주시길 간구하였다
너와 함께하사 너를 위대하게 하고 네 아들로 성전건축을 하게 하며
너의 집안과 나라가 영원히 견고하게 하리라(삼하7:9, 13, 16)

하나님께서는 인자하시고 신실하시어 언약을 기억하시나이다
창조주이시며 전능하신 하나님은 언약을 지켜주실 줄 믿습니다
저희 불순종을 채찍으로 벌하시되 폐하시지 않으실 줄 믿습니다
불순종으로 수치를 당하고 있음을 회개하오니 불쌍히 여기시어
다시 한 번 구원하여 주시옵소서(시89:1-51)

오늘날 우리도 다윗과 같이 말씀을 이해하고 약속을 믿어
그 약속 잡고 기도하여 이루어지는 체험의 축복을 누리자
죄를 자백하면 깨끗하게 하여 주신다(요일1:9)
고아와 같이 버려두지 아니하신다(요14:18)
세상 끝날까지 항상 함께하여 주신다(마28:26)

(2016. 11. 4)

*선한목자교회 유기성 목사의 설교를 듣고

건짐의 기도

"우리를 시험에 들게 하지 마시옵고, 다만 악에서 구하시옵소서"
(마6:13)

시험에는 시련試鍊의 뜻과 유혹誘惑의 뜻이 있으니
시련은 하나님이 우리를 연단하여 더욱 유익한 길로 인도하신다
아브라함에게 이삭을 제물로 드리라 하심에 순종하여 큰 복을 받았고
(창22:1, 17)
사단의 시험을 허용하셨으나, 욥은 그 시련을 이겨내 복을 더 받았다
(욥1:12, 42:12)
유혹은 마귀가 사람을 죄에 빠지게 한다
뱀이 여자에게 선악과를 따먹어도 죽지 아니한다는 유혹에
죄인이 되었다(창3:4)
예수님은 마귀가 경배하면 세상 영광을 준다는 유혹을 이기셨다
(마4:1-11)

시험에 들게 하지 마시옵소서
이는 마귀의 유혹을 아주 없게 하여 달라는 것이 아니라,
마귀의 유혹에 빠져들지 않게, 이미 빠져들었으면 건져내어 달라고
기도하라는 것이다(요16: 33, 17:15)

다만 악에서 구하시옵소서
악한 자 곧 마귀에게서 구하여 달라는 기도이니
예수님은 십자가로 마귀를 이기신 세상에서 크신 분이시니

우리의 믿음을 굳건하게 하여 주님의 이름으로 대적하여
마귀가 피하게 하여달라고 기도하라는 뜻이리라

(골2:15, 요일1:4, 마10:1, 벧전5:9, 약4:7)

(2016. 11. 6)

*수원 제일감리교회 박성영 담임목사의 "주기도 ⑤ 건짐의 기도"를 듣고

나의 삶에 힘을 주시는 말씀

태초에 하나님이 천지를 창조하시니라(창1:1)
진화론으로 생긴 의문을 버리게 되고
사람으로는 알 수 없는 것을 알려는 교만을 버리었다

내가 가는 길 그가 아시나니 그가 나를 단련한 후에는
내가 순금같이 되어 나오리라(욥23:10)
이 고통 주님 알고 계시니 견딜 용기가 솟도다

무엇이든지 기도하고 구하는 것은 받은 줄로 믿으라
그리하면 너희에게 그대로 되리라(막11:24)
기도하고 구하는 것을 받은 줄로 믿으면 그대로 된다

우리가 선을 행하되 낙심하지 말지니
포기하지 아니하면 때가 이르매 거두리라(갈6:9)
낙심하지 말고 선한 일을 계속하면 가을에 거두리라

아무 것도 염려하지 말고 다만 모든 일에 기도와 간구로
너희 구할 것을 감사함으로 하나님께 아뢰라(빌4:6)
구할 것을 기도와 간구로 하되 감사함으로 여쭈어라

(2016. 11. 10)

순종의 기도

"나라와 권세와 영광이 아버지께 영원히 있사옵나이다 아멘"
(마6:13 뒷부분)

이 부분은 고대사본古代寫本에는 없었으며, 보통 송영이라 한다
송영(誦詠, 頌祝, 頌榮)이란 말은 헬라어 '독사로기야' 에서 유래한
말로, '독사' (독이 있는 뱀이 아님)는 찬양 또는 영광이란 뜻이고,
'로기야' 는 말씀이란 뜻으로 말씀에 영광을 올리는 노래라 풀이된다

예수님 당시 로마 황제가 세계를 지배하여 총칼로 백성을 다스렸고,
유다는 로마의 식민지였으니 총독의 압제가 잔인하고 사나웠다

예수님께서 일러주신 기도를 드리고 나니
하나님 아버지께서 하늘나라를 사랑으로 다스리시듯
예수님 세상에 보내시어 땅에서도 사랑으로 다스리시어
일상생활에 필요한 것을 주시고, 벗어난 길에서 이끌어 주시고,
악한 자의 유혹에서 건져주심을 구하고 나니,
아버지께서 사랑으로 다스리는 나라와 전지전능하신 권세와
아버지께 간절히 구하는 자들의 받으실 영광은 영원무궁할 것을
확실히 믿고, 찬양하며 진실로 순종하기를 다짐하나이다.

(2016. 11. 13)

*수원 제일감리교회 박성영 담임목사의 "주기도 ⑥ 순종의 기도" 를 듣고

외손녀 임연희의 그림

이스라엘 남북분열시대

연대	(남)유다	(북)이스라엘
930	1. 르호보암 17년 악정(왕상 11:43) 열 지파의 반란(왕상12: 1-19)	1. 여로보암 22년 악정(왕상 12:20) 우상숭배
913	2. 아비얌 3년간 악정(왕상 15:2) 1차 남북전쟁(왕상15: 7-19)	
910	3. 아사 41년 선정(왕상15: 8-15)	2. 나답 21년 악정(왕상 15:25)
909		3. 바아사 24년 악정(왕상 15:33)
901	구스인 세라인 침입	
895		2차 남북전쟁(대하 16:1)
886		4. 엘라 2년 악정(왕상 15:25)
885		5. 시므리 7일 악정(왕상 16:16) 6. 오므리 12년 악정(왕상 16:23)
864	선지자 하나니 활동	7. 아합 22년간 악정(왕상 16:29)
872	4. 여호사밧 25년 선정(왕상 22:42)	엘리야 3년기근예언 갈멜산기도 해결(왕상 17,18장)

연대	(남)유다	(북)이스라엘
856		아람 왕 벤하닷 침입(왕상20: 1-34)
853	아합과 동맹(왕상 22:14)	아합 왕 사망(왕상 22:34) 8. 아하시야 2년 악정(왕상 8:24, 대하 22:31)
852		9. 여호람(요람) *유다 제5대 왕과 동명이인 12년 악정(왕하 22:50) 엘리사 승천(왕하 2:1-14)
848	5. 여호람 *이스라엘 9대 왕과 동명이인 8년 악정(왕하 1:17)	나아만 장군 치유(왕하 5:1-17)
845	에돔과립나의 배반(왕하 8:20)	아람 왕 벤하닷 침입(왕하 6:24)
841	6. 아하시야 1년 악정(왕하 8:25) 7. 아달랴(여) 6년 악정(왕하 11:1-3)	10. 예후 28년 악정(왕하 9:1-10)
835	8. 요아스 *이스라엘 12대왕과 동명이인 40년 선정(왕하 13:9)	바알 숭배자 진멸(왕하 10:15)
814	요엘 선지자	11. 여호아하스 17년 악정(왕하 13:1)
798		12. 요아스 *유다 제8대왕과 동명이인 16년 악정(왕하 11:12)
796	9. 아마샤 29년 선정(왕하 14:1-2)	13. 여로보암 2세 41년 악정(왕하 14:23) 요나 선지자
790	3차 남북전쟁(왕하 14:8-14) 10. 아사랴(웃시야) 52년 선정(왕하 15:1-2)	

연대	(남)유다	(북)이스라엘
728	13. 히스기야 29년 선정(왕하 18:1-18)	
722		멸망(왕하 17:6)
697	14. 므낫세 55년 악정(왕하 21:15)	
642	15. 아몬 2년 악정(왕하 21:19)	
640	16. 요시야 31년 선정(왕하 22:1-2) 나훔, 스바냐, 예레미야 선지자 성전수리 종교개혁	
609	애굽의 침입, 요시야 왕 죽음 (왕하 29:23) 17. 여호아하스 3개월 악정(왕하 23:30) 왕애굽으로잡혀감(왕하 23:34)	
608	18. 여호야김(엘리야김) 11년 악정(왕하 23:34) 하박국 선지자	
605	애굽 멸망(왕하 23:1) 바벨론의 침입 포로(단1: 1-6) 다니엘 선지자	
604	두루마리 소화(렘 36:20-32)	
597	19. 여호야 긴 3개월 악정(왕하 34:5-8) 바벨론의 2차 침입. 포로(왕하 24:10-16) 20. 시드기야 11년 악정(왕하 24:18) 에스겔 선지자	

연대	(남)유다	(북)이스라엘
589	바벨론의 3차 침입. 포로(왕하 25:8-21)	
586	멸망(왕하 25:8-21)	

* 유다 제5대 여호람왕과 이스라엘 제9대 여호람(요람)왕, 유다 제8대 요아스왕과 이스라엘 제12대 요아스왕 이들은 동명이인同名異人임

외손녀 임연희의 그림

송홍만 제20시집
비와 꽃
•
지은이 / 송홍만
발행인 / 김영란
발행처 / 한누리미디어
디자인 / 지선숙
•
08303, 서울시 구로구 구로중앙로18길 40, 2층(구로동)
전화 / (02)379-4514, 379-4519
Fax / (02)379-4516
E-mail/hannury2003@hanmail.net
•
신고번호 / 제 25100-2016-000025호
신고연월일 / 2016. 4. 11
등록일 / 1993. 11. 4
•
초판발행일 / 2016년 12월 1일
•

•
값 10,000원
•

•
ISBN 978-89-7969-729-2 03810